KB243033

고양이가 기른 다람쥐

고양이가 기른 다람쥐

이상권 소설집

|주|자음과모음

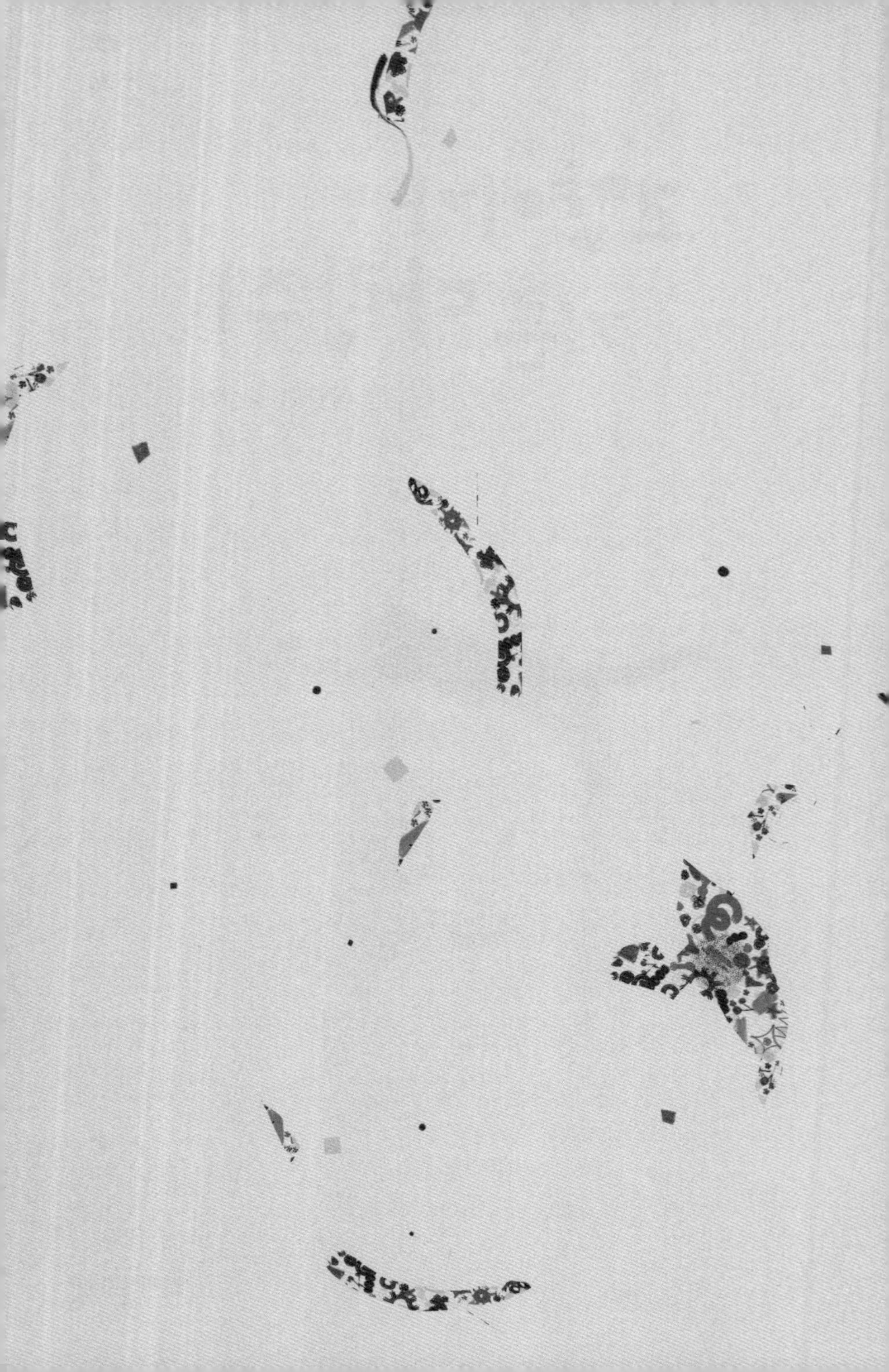

차례

삼겹살

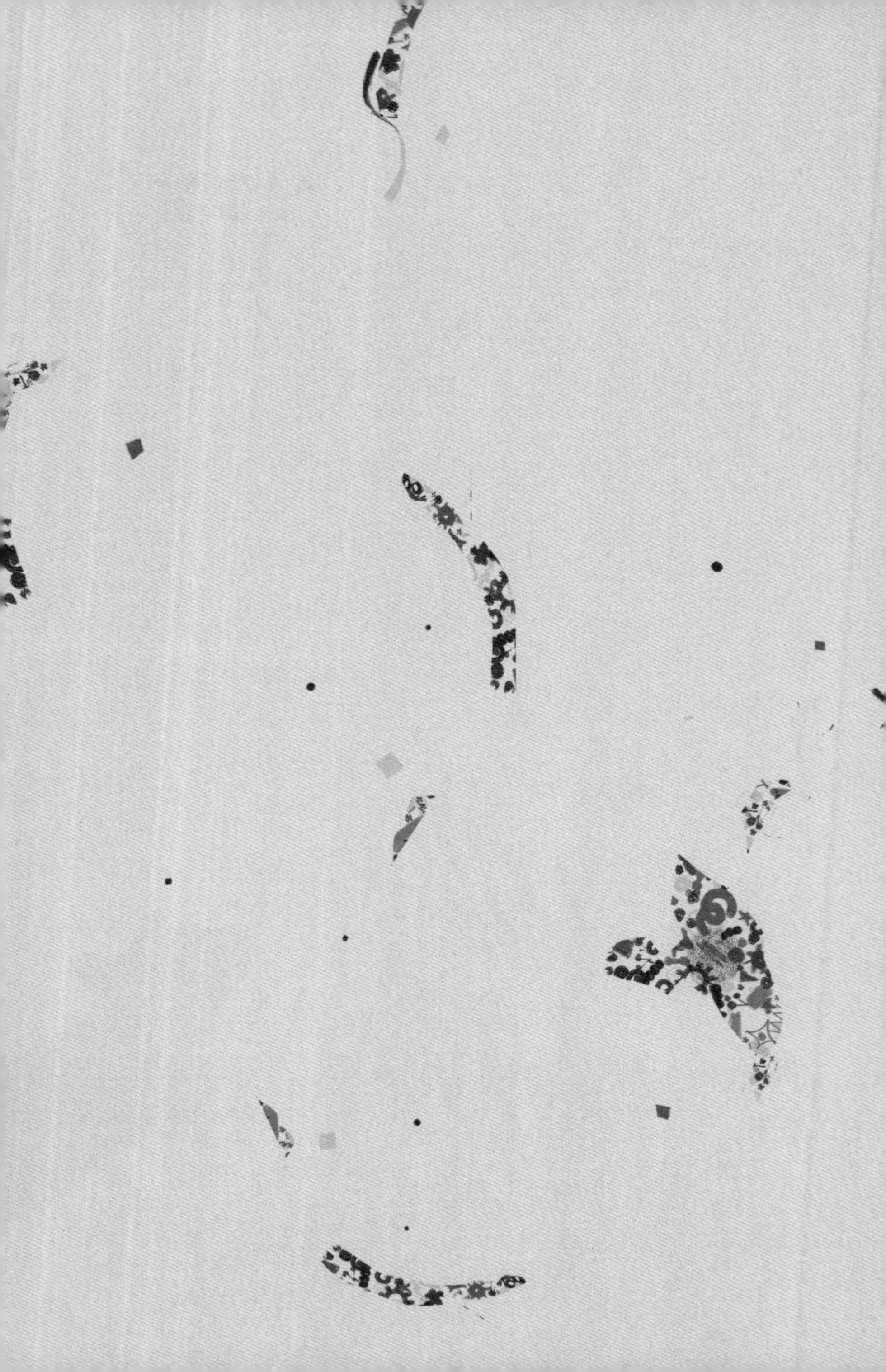

내 생애 이런 더위는 처음이다, 라는 말이 깡마른 아빠 입에서 열흘째 터져 나오고 있었다. 이런 날은 엄마가 말아준 시원한 동치미 냉면이나 먹고 방에서 뒹굴면 딱인데, 휴가 나온 오빠의 입맛을 배려하다 보니 어쩔 수 없이 고깃집을 찾아 나서야 했다. 엄마 아빠는 30여 분이나 여기저기 귀동냥한 끝에 삼겹살 바비큐집으로 결정을 하였다.

식당 주차장에는 차들이 북새통이었다. 다들 우리와 비슷한 생각으로 이 집을 선택한 모양이었다. 이 집은 계곡을 끼고 있어서 흐르는 물소리를 듣는 귓맛도 좋았고, 해감내 한 점 풍기지 않는 갈맷빛 물을 바라다보는 눈맛도 좋았고, 국내산 흑돼지라서 입맛도 좋은 곳이라는 소문이 나 있었다. 하지만 실내로 들어서자마자 나도 모르게 얼굴을 찌푸렸다. 실내가 찜통이었다. 문이란 문이다 열려 있었으니, 에어컨이 요령 있는 놈이었다면 적당히 손님들 눈치를 보면서 일하는 척해도 될 터인데, 도무지 융통성이 없는 그놈은 낑낑대면서 우직하게 냉풍을 토해내고 있었지만 그래 봤자 아무런 소용이 없었다. 알바생이 우리 식구를 계곡 쪽으로 안내했으나 다들 고개를 흔들어버렸다. 이미 그늘이 시원한 자리는 다 들어차 있는 상태였다. 우리는 결국 실내에 앉았고 엄마가 삼겹살을 시켰다.

삼겹살은 오빠가 가장 좋아하는 고기다. 오빠는 잠을 자다가도 삼겹살이라는 소리를 들으면 벌떡 일어나는 사람이다. 아무리 비싸고 좋은 소고기를 구워주어도 시큰둥했고, 가끔씩 친척들이 와서 횟집에 가자고 해도 고개를 흔들어버렸다. 오빠의 입을 달구는 고기는 오직 돼지고기, 그중에서도 삼겹살! 아주 어렸을 때부터 대학생이 되어 군 입대를 한 지금까지 얼굴도 변하고, 목소리도 변하고, 좋아하는 가수도 변하고, 취미도 변했지만, 그 입맛은 초지일관이었다. 나는 오빠하고 입맛이 달랐으나 어쩔 수 없이 오빠 입맛을 존중해주어야 했고, 이제는 식구들이 외식을 하면 내 입에서도 삼겹살이오, 하는 말이 은연중에 나와버렸다. 지금까지 식구들이 외식을 하면서 삼겹살 이외에는 먹어본 고기가 없었다.

사실 엄마 아빠는 고기를 별로 좋아하지 않았다. 그중에서도 삼겹살을 가장 좋아하지 않았다. 그런 부모들 사이에서 생겨난 오빠는 외할머니의 말마따나 별종이었다. 먹는 양도 어마어마해서 일곱 살 때 3인분을 혼자 먹어치우기도 하였다. 그렇게 먹어댄 삼겹살이 키 크는 자양분이 되었는지 오빠는 중학교 1학년 때 이미 185센티미터를 넘어섰다. 저렇게 자라다가는 집 천장을 뚫고 나갈지도 모른다고 친척들이 농담했을 정도였으나 다행히도 더 이상 자라지 않았다. 오빠는 아무리 삼겹살을 먹어도 살이 찌지 않았다. 조금만 먹어도 살이 붙는 내 입장에서 보면 너무나도 부러운 체질이었다. 그렇다 보니 오빠가 삼겹살을 먹고 싶다고 하면 부모님은 때와 장소를 가리지 않고 고개를 끄덕여주었다. 엄마 아빠는 오빠가 삼겹살 먹는 모습을 항상 흐뭇하게 지켜보았다. 입이 짧은 게 흠이기는 해도 삼겹살이라도 많이 먹고 튼튼하게 자라다오. 엄마 아빠의 웃음 속에는 그런 바람이 섞여 있었다.

그래선지 오빠는 지금까지 병치레 한 번 하지 않았으며, 엄마 아빠를 속상하게 한 적이 한 번도 없으며, 당연히 초등학교 때부터 모범생의 깃발을 놓치지 않았고, 당연히 우수한 실력으로 명문대학에 입성하였다. 승재 같은 아이라면 열 명도 키우겠다! 엄마 아빠 주위에 있는 사람들이 그런 말을 무시로 내뱉을 정도로, 실제로 오빠는 모든 것을 혼자 알아서 다 해냈다. 그러다 힘들면 삼겹살을 찾았고, 엄마 아빠는 많이 먹어라…… 하고 삼겹살을 사주었을 뿐이다. 오빠한테는 삼겹살이 친구보다도 그 어떤 신보다도 더 중요했다. 만약 삼겹살이 없었다면 어떤 일이 벌어졌을까. 언젠가 내가 한번 물어본 적이 있었다. 오빠는 그런 생각은 해본 적이 없다면서, 끔찍하다……고 고개를 흔들어댔다.

엄마는 어미 특유의 눈길로 오빠의 얼굴을 구석구석 훑어 내리면서 많이 힘들지, 하고 물었다. 오빠는 살짝 웃음을 떠올리고는 이제 병장인데요, 그렇게 말끝을 흐렸다. 이제 고생 다했구나 하고 아빠가 재빠르게 말을 이었다. 오빠는 예에 하고 고개를 끄덕였고, 엄마는 대견스럽다는 눈빛을 보냈고, 나는 그저 스마트폰만 만지작거리고 있었고, 아빠는 요새 군대가 무슨 군대인가 하고 옛날 당신이 겪었던 군대 이야기를 끄집어냈다. 아빠 말이 길어지려고 하자 엄마가 남자들은 군대 이야기만 하면 신이 난다니까, 자 그만하고 승재 이야기 좀 들읍시다, 아빠의 말을 끊었다. 아빠는 민망했는지 오빠한테 술 한잔하자고 술잔을 들었다. 오빠가 눈짓하자 엄마도 술잔을 들었다.

이미 익혀서 나온 삼겹살을 다시 석쇠에 올려놓았다. 엄마가 고기 한 점을 상추에 싸서 오빠한테 주었다. 아빠도 많이 먹으라고 하였다. 엄마가 삼겹살 2인분을 더 주문한 다음 여자 친구하고는 어떠냐고 물었다. 오빠는 다시 씩 웃으며 잘 모르겠다고 애매하게 대답했다. 엄마는 같이 면회 갈 때 보니까 얼굴도 예쁘장하고 성격도 차분해서 괜찮아 보이더라고 했다. 오빠는 계속 애매하게 웃었다. 그 애가 너 많이 좋아하는 것 같더라. 엄마가 더 직설

적으로 치고 들어갔는데도 오빠는 잘 모르겠다고 하였다. 내가 진짜 그 애를 좋아하는지, 만나면 나쁘지는 않지만 그렇다고 뭔가 간절하게 그 애한테 끌리거나 보고 싶지도 않아서, 제대하면 적절하게 거리를 둘 작정이라고 낮게 흘렸다. 엄마는 좀 뜻밖이라는 표정을 지으면서 뭐라고 한마디 더 보탤까 하다가 꾹 참아내는 눈치였고, 아빠가 재빠르게 분위기를 추스르면서 다시 술을 권했다. 오빠 입으로 술과 삼겹살이 연달아 들어갔다.

오빠가 삼겹살을 먹는 모습을 보면 윗니 아랫니들이 즐겁게 춤을 추는 것 같았고, 입술과 코와 눈빛과 얼굴 모든 살결들이 흥겹게 삼겹살을 받아들이는 것 같았다. 오직 배를 채우기 위해서 허겁지겁 먹어치우는 게 아니라 삼겹살의 향과 맛과 육질을 천천히 음미하고 있다는 생각이 절로 들었다. 어쩌면 저렇게 맛있게 먹을까. 엄마가 감탄했다. 너처럼 한창 힘을 쓸 때는 삼겹살이 최고다. 아빠도 한마디 거들었다. 우리 세 식구의 눈빛은 모두 오빠한테 모아져 있었다. 오빠는 간단하게 3인분을 평정한 뒤에야 담배 한 대 피우고 오겠다고 자리에서 일어났다.

오빠는 식당을 나간 지 20분이 지나도 들어오지 않았다. 아직도 석쇠에는 삼겹살이 1인분 이상은 남아 있었다. 나는 이미 젓가락을 놓은 지 오래였다. 엄마 아빠는 오직 오빠만이 저 삼겹살을 처리할 수 있다고 확신하는 눈빛이었다. 애가 왜 이렇게 안 들어오는 거야. 엄마가 나를 보면서 말했다. 직접 다그치지는 않았어도 눈치껏 바깥에 좀 나갔다 오라는 압력이었다. 여친하고 전화라도 하는 모양이지. 아빠가 그냥 앉아 있으라는 눈빛을 보냈으나, 엄마의 눈빛을 보자 나도 모르게 몸을 일으킬 수밖에 없었다.

밖에 나가자마자 짜증이 머리끝까지 급충전되었다. 오빠는 보이지 않았다. 화장실에도 가보고, 계곡 언저리에도 가보고, 다시 주차장으로 왔다. 짜증이 폭발할 무렵 주차장 끝에 있는 목련 나무 그늘에 앉아 있는 오빠를 발견했다. 다짜고짜 뭐 하냐고 소리를 질렀다. 오빠는 미안하다고 하더니 벌떡 몸을 일으켰고, 나를 보고 뭐라고 더 덧붙이려고 하다가 목련 나무 아래로 가서 우엑 우엑 토하기 시작했다. 나는 깜짝 놀랐다. 오빠는 온몸이 바스러지도록 흔들어대면서 삼겹살을 다 토해버렸다. 더럽다, 구역질 난다는 생각보다 아깝다는 생각이 먼저 스쳐갔다.

오빠는 호주머니에서 손수건을 꺼내 입을 닦은 다음 풀을 뜯어 토해놓은 삼겹살을 덮어주었다. 내가 괜찮냐고 물었다. 오빠는 억지로 웃으며 옆에 있는 단풍나무 그늘에 있는 나무 의자에 앉았다. 감실감실하던 오빠 얼굴이 하얗게 변해 있었다. 내가 술을 많이 먹어서 그러냐고 물었다. 오빠는 옆에 앉으라고 하더니 고개를 흔들었다. 그럼 어디 아프냐고 내가 급하게 물었다.

"아픈 거냐고? 그럴지도 모르지. 결국 내가 삼겹살을 제대로 받아들이지 못한 거니까. 삼겹살이 아직도 나를 거부하고 있는 것이니까.”

황당한 말 같기도 하고 깊이 있는 철학적인 말 같기도 해서 그냥 오빠를 빤히 쳐다만 보았다. 오빠도 그런 내 속마음을 알았는지 상그레 웃으며 깊은 한숨을 내놓았다.

“넌 삼겹살이 죽었다고 생각하지? 피도 흐르지 않고, 숨도 쉬지 않고, 당연히 말도 하지 않고 더구나 뜨거운 불에 구워졌으니…….”

“오빠, 나 안 그래드 해골 아파. 날씨도 덥고, 곧 고3인데 공부도 안 되고, 엄마 아빠 뜻에 따라 이과로 왔지만 아직도 갈팡질팡하고……. 좀 쉽게 말해.”

“미안하다, 태희야……. 나 요새 삼겹살만 먹으면 이렇게 토해. 단 한 점만 먹어도 토해. 아무리 참으려고 해도 막 아우성치듯이 토해져 나와.”

“어어어어어…… 이거 장난 아니네. 오빠 왜 그래? 진짜 어디 아픈 거 아냐?”

“태희야, 지난 2월에…… 대민 지원을 나갔는데, 그게 동물들 살처분하는 일이었어. ……그때부터야.

2월로 접어들면서 우리 부대 주위에도 긴장감이 맴돌았어. 부대 앞에 방역 초소가 설치되었고, 모든 사병들의 휴가 및 외출 외박이 금지되었어. 우리 부대 주위에는 소나 돼지를 키우는 농가가 유독 많아. 그래서 우리는 어서 구제역이 지나가기만을 바라고 있었는데, 구제역이 우리 부대 근처까지 왔다는 뉴스를 들었지.

어느 날 중대장님이 우리 중대도 대민 지원을 나가야 한다고 하셨어. 하늘이 내린 재앙이니까 이럴 때는 우리 군이 나서야 한다고. 이번 사태는 태풍이나 홍수 따위 천재지변하고 똑같은 것이지만 그보다 훨씬 더 무서운 사태라고 하면서 여러 가지 당부의 말을 하였지.

아무래도 동물들을 살처분하는 일이라서 선뜻 나서는 병사들이 없었어. 그래서 각 소대 상병 선임들이 나서서 상병 이하 병사들로 대민을 나가기로 한 거야. 당연히 상병 선임이었던 나도 끼게 된 거지."

2월 셋째 주 월요일, 첫 번째 날. 오빠네 부대에서는 각 소대별로 세 명씩 차출하여 열두 명이 트럭을 타고 이동하였다. 부대에서 10리 정도 떨어진 산골 마을이었다. 봄을 염탐하는 비가 내리고 있었다. 이미 마을 회관 앞에는 공무원들이 임시 막사를 쳐놓고 군인들을 기다리고 있었다. 눈빛만 제외하고는 모든 것이 무디어질 대로 무디어져 있는 늙은 마을 사람들이 불안한 기색으로 서성거리고 있었고, 사방에서 죽음을 감지한 소들이 악을 써대고 있었다. 전쟁이 일어나면 이럴까. 오빠는 잠시 그런 생각으로 몸을 떨었다.

'서행, 긴급 방역.'

그런 글씨가,

‘전시, 비상사태.’

라는 글씨로 착각되었을 정도였다. 화학 부대에서 군 소독차도 두 대나 나와 있었다. 어쨌든 출동했으니까 흉내는 내야 하니, 비가 내리는데도 불구하고 군 소독차는 하얀 소독약을 회관 주위에다 한판 오지게 뿜어댔다. 마을에서 가장 떨어져 있는 집부터 작업 일정이 잡혀 있었다. 70대 부부가 20여 마리의 소를 키우고 있었다. 할머니는 보지 않으려고 뒤란으로 돌아 가버렸고 할아버지만이 축사 앞에 앉아서 쓴 담배 연기를 삼켜대고 있었다. 할아버지를 잘 아는 공무원이 다가가서 밤새 잘 주무셨느냐고 인사를 하였다.

“자식을 죽이는 사람이 무슨 잠을 잘 자겠소. 저 크고 맑은 눈이 살려달라고 악쓰는 것을 보면, 밥을 먹는 것도…… 잠을 자는 것도…… 이렇게 우리만 살아남는 것도 죄스럽소. 옛날부터 소는 한 식구라고 하지 않았소.”

그 말에 공무원도 할 말을 잃고는 고개를 떨군 채 고개만 끄덕거리더니, 요즘 같아서는 처자식만 없다면 당장 이 노릇을 때려치우고 싶은 심정이라고 괴로운 눈빛을 지었다. 할아버지는 그런 공무원의 마음을 이해한다는 듯이 담배 한 개비를 내밀었다. 공무원은 고맙다고 하면서 담배를 받았다.

오빠는 소들이 이미 죽음을 감지했다는 것을 알았다. 아무리 사료를 주어도 먹지 않았다. 오빠는 그런 소들의 눈을 보다가 깜짝 놀랐다. 암소 한 마리가 눈물을 흘리고 있었다. 새끼를 거두고 있는 어미였다. 아무것도 모르는 송아지가 옆으로 다가오자 암소는 뭐라고 소리쳤다. 송아지가 어미의 가랑이 밑으로 입을 내밀고 젖을 빨아댔다.

오빠가 잠깐 눈을 감고 고개를 돌린 사이 작업이 시작되었다. 수의사가 축사로 들어와서 소꼬리 밑에다 주사를 놓았다. 인간이 만들어낸 주사약은 거대한 소를 단숨에 쓰러트렸다. 너무나도 쉽게 쓰러져서 처음에는 믿어지지 않았다고 오빠는 말했다. 오빠는 주사약 몇 방울에 그 거대한 우주가 쓰러져버린 사실이 충격적이었다. 하지만 자신의 핏덩이한테 젖을 물리고 있는 어미는 쉽게 넘어가지 않았다. 그 어미 소는 눈에다 힘을 주고, 네 다리에다 힘을 주고는 혼신의 힘을 다해 버티었다. 보통 소들은 10초도 버티기 힘들었다.

"저것, 한 방 더 놔야겠구먼."

누군가 수의사 뒤에서 소리쳤다. 수의사가 고개를 흔들었다.

"그럴 필요 없소. 곧 무너질 거요. 새끼 때문에, 새끼한테 조금이라도 더 젖 물리려고 버티는 거요. 저런 힘은 또 한 방이 아니라 열 방을 놔도 이겨낼 수 없소. 내 경험이오."

그렇게 버티고 있는 어미 소를 바라다보고 있는 할아버지의 손이 덜덜덜 떨렸고, 다른 사람들도 혀를 끌끌 차면서 안타까워하였다. 그뿐이었다. 아무도 그 소를 구원해줄 수 없었다. 어미 소는 축사에 몰려든 사람들을 보면서 자신은 죽어도 좋으니까 어린 새끼만이라도 살려달라고 간절히 호소하다가 뒷다리가 먼저 풀리면서 주저앉아버렸다. 오빠의 입에서 헉, 하고 짧은 비명이 터져 나왔다. 송아지가 놀라면서 어미를 불렀다. 어미 소도 송아지를 부르면서 몸을 일으키려고 반쯤 몸을 세우다가 다시 쓰러졌다.

"아이고, 못 보겠네. 못 보겠네, 못 보겠어……."

"진짜 이것이 뭐 하는 짓거린지."

사람들 입에서 탄식이 터져 나왔고, 몇몇 사람들은 손으로 눈시울을 문질러댔고, 몇몇 사람들은 축사에서 등을 돌리고 걸어 나갔다. 송아지는 쓰러진 어미의 등을 핥으면서 그 주위를 뱅글뱅글 돌았다. 아무리 불러도 어미는 일어나지 않았다. 아무리 불러도 어미는 대답하지 않았다. 오빠의 눈도 뜨거워졌다. 오빠의 귀는 멍해지면서 송아지의 메아리 소리로 가득 차 버렸다. 수의사가 송아지한테도 주사를 놓았다. 송아지는 음매애―, 어미를 한 번 부르면서 앞으로 꼬꾸라졌다. 소들이 다 쓰러지자 공무원 한 사람이 낫을 군인들한테 주었다.

"자, 어서 배를 가르게. 배를 가르지 않고 묻으면 배에 가스가 차서 나중에 터질 수도 있네. 자, 어서어서!"

군인들이 망설이자 공무원은 뒤에 서 있는 중대장을 바라다보았다. 중대장이 소대장들에게 뭐라고 하였고, 소대장 하나가 오빠를 부르더니 작업을 지시했다. 오빠도 낫을 잡았다. 평생 처음 잡아보는 낫이었다. 공무원 한 명이 시범을 보였다. 소 배를 푹 찍은 다음 긁듯이 잡아당기면 끝이었다. 오빠는 후임병들에게 시킬 수도 있었지만 이 끔찍한 일을 차마 맡길 수가 없었다. 오빠는 망나니처럼 낫을 들고 소에게 다가가서 위에서 내리찍었다. 푹 박힐 줄 알았던 낫이 튕겨나갔다.

"군인들이 일하는 것이 시원찮구먼. 여기 놀러 왔는가들! 어서 끝내고 가야지. 다부지게 내리쳐야지, 안 그러면 소가죽에 안 들어가네!"

옆에서 시범을 보인 공무원이 소리쳤다. 오빠는 눈을 감고 낫을 내리쳤다. 다른 군인들도 눈을 감고 낫을 휘둘렀다. 소의 배 속으로 파고든 낫을 잡아채는 군인들의 손이 떨렸다. 처음 한 번이 어려웠다. 그다음부터는 쉬웠다. 핏물이 와르르 쏟아졌다. 다른 군인들이 소발에다 밧줄을 묶어서 끌어냈다. 마당까지 끌어내야 중장비의 도움을 받을 수가 있었다. 오빠는 아무런 말 없이 일을 했다. 다른 군인들도 마찬가지였다. 어쩌면 전쟁이 터지면 이럴 수 있다는 생각이 들었다. 상대방 적군을 죽여야 할 때, 아무리 적이라고 해도 우리랑 똑같은 사람이거늘 쉽게 쏠 수 있을 것 같지 않았다. 하지만 막상 죽어가는 사람을 보면, 옆에 있는 동료가 피를 흘리며 죽어가는 걸 보면, 그때는 이렇게 상대방을 죽일 수 있을 것 같았다. 결국 오빠는 대민 지원이 아니라 전쟁터에 와 있음을 뒤늦게 깨달았다. 이건 전쟁이었다. 상대방을 꼭 죽여야만 하는 진짜 전쟁이었다. 그래서 오빠를 비롯한 군인들은 아무런 말이 없었고, 옆에서 뒷짐을 진 채 바라다보고만 있는 장교들을 보면서 비장한 눈빛을 보냈다. 한 마리의 소를 마당으로 끌어내는 데 열 명이 넘는 사람들이 달라붙어야 했다. 오빠는 젖먹이 송아지를 끌어낼 때가 가장 힘들었다. 송아지는 눈도 감지 않았고, 입도 다물지 않았다. 주인 할아버지는 마당으로 끌려 나오는 소들을 보면서 코뚜레를 풀어주지 못한 것을 후회하고 있었다. 마당으로 끌려 나온 소들은 공병대에서 나온 포클레인들이 트럭에 실었다.

비는 계속 내렸다.

다음 날도 대민 지원이 있었다. 오빠는 더 이상 나가지 않겠다고 작정하고 있었다. 중대장이 각 소대별로 작업 인원을 세 명씩 차출해달라고 하였다. 오빠는 자기 후임병들을 보고 알아서 튀어나가라고 눈짓했다. 오빠 선임병들은 이미 뒷전으로 물러나 있는 상태였다. 오빠네 소대에는 상병 3호봉과 2호봉인 후임병이 있었다. 오빠는 그들을 보았다. 그들은 오빠의 눈길을 피하면서 일병들한테 눈길을 주었다. 일병들은 아무도 움직이지 않았다. 이미 어떤 대민 지원을 하는지 다 알고 있었기에 병사들은 잔뜩 겁먹은 표정으로 긴장한 채 서로의 눈치만 살피고 있었다. 다른 소대는 후임 상병들이 알아서 작업 인원을 꾸리고 있는 걸 본 오빠는 처음으로 한 번도 구타하지 않았던 자신의 어리석음을 깨달았다. 아무리 구타를 하지 말라고 해도 군대는 구타 없이는 굴러갈 수가 없다. 군대는 구타 없이는 명령이 통할 수가 없다. 오빠는 그걸 하지 않았다. 옆에서 동기인 K 상병이 씩 웃었다.

"씨발, 내가 미쳤냐? 오늘도 그 전쟁터에 나가게! 아이고, 어제 일만 생각하면 속이 느글거리고, 앞으로 소고기 먹을 수 있을지 모르겠다. 야, 어서 쫄따구들한테 맡기고 나와버려!"

그 말을 듣고도 후임병들은 움직이지 않았다. 오빠 입에서 욕이 튀어 나왔다.

"씨팔 새끼들아, 내가 나간다, 내가 나가!"

그러자 오빠의 보직 후임인 양 이병이 나왔고, 그로부터 한참 뒤에 부대에서 가장 막내인 윤 이병이 나왔다. 양 이병은 이 부대 시집살이가 4개월 차였고, 윤 이병은 2개월 차였다. 아직은 둘 다 햇내기나 다름없었다. 그래서 오빠는 소대 상병들과 일병들을 훑어보면서 눈빛을 후렸고, 다시금 개새끼들이라고 욕설을 퍼부었다. 대민 지원 나가는 병사들이 연병장에 모였다. 대부분 일병들이었고, 이병은 오빠네 소대에서 나온 둘뿐이었고, 상병들 몇 명이 보였다. 오빠가 가장 고참이었다. 중대장이 오빠한테 작업반장이라는 직책을 주었다. 졸지에 작업반장이 된 오빠는 날마다 고지의 주인이 바뀌는 최전선 전쟁터로 나가는 심정이었다.

이번에는 부대에서 20리 떨어진 강변 마을이었다. 그곳은 이미 소들을 다 팔아치운 상태였고, 돼지 농가만이 늦장 대응을 하여 비극을 맞이하고 있었다. 모두 아홉 농가에서 키우는 돼지는 1000마리가 넘었다.

"돼지는 마취제를 놓아도 마취가 잘 되지 않아서 그냥 생매장을 해야 합니다. 그래서 어제보다 더 군인들의 도움이 필요합니다. 여차하면 돼지들이 사방으로 튀어 나가니까 구덩이로 몰아넣을 때 군인들이 잘 좀 도와주십시오."

살처분 현장을 지휘하는 공무원이 군인들에게 부탁했다. 공병대에서 나온 포클레인들이 돼지 축사 앞쪽 논에서 구덩이를 파고 있었다. 이윽고 1000마리 정도의 돼지를 한꺼번에 묻을 수 있는 구덩이 파는 공사가 완료되었고, 그 구덩이에다 두꺼운 비닐을 몇 겹으로 깔았다. 그러자 군인들이 두 줄로 말뚝을 박고 까만 망을 쳐서 좁게 죽음으로 가는 길을 만들었다. 이제 조심해서 돼지들을 구덩이로 몰아가는 일만 남았다. 이윽고 돼지들이 나오기 시작했다.

'꾸울꿀, 꿀꿀꿀, 꾸우우울…….'

좁은 통로로 까만 무리가 쏟아져 나오고 있었다. 누군가 천상 미련한 돼지들이구나, 하고 소리쳤다. 돼지들은 사람들하고 눈도 마주치지 않았고, 마치 소풍 나가듯이 신나게 달려 나갔다.

"이거 뭐야, 소들을 살처분할 때하고는 너무 다르잖아!"

"이거 식은 죽 먹기네."

어제 작업에 참여했던 일부 군인들이 달려가는 돼지들에게 침

을 뱉었다. 앞에서 달리는 돼지들은 뒤에서 밀려오는 돼지들 때문
에 걸음을 멈출 수가 없었다. 그만큼 그 물결은 빨랐다. 군인들이
중간중간에서 막대기를 들고 돼지들이 정신을 차리지 못하도록
몰아갔다. 맨 앞에서 달리던 돼지들은 구덩이 앞에 와서야 죽음이
기다리고 있음을 알았지만 멈출 수가 없었다. 돼지들은 구덩이에
떨어지면서 다른 돼지들에게 달아나라고 혼신의 힘을 다해 소리
쳤다. 그래도 돼지들은 달아날 수가 없었다.

돼지 위로 돼지가 떨어지고 또 돼지가 떨어지고 떨어지고…….

돼지 막사에서 마지막 돼지들이 몰려나올 무렵, 누군가의 비명
소리가 오빠의 고막을 흔들었다. 귀에 익은 목소리가 돼지들의 아
우성 소리와 함께 울려 퍼졌다. 양 이병이었다.

"으아아아악, 사람 살려!"

구덩이 근처에 있던 사병들이 놀라서 소리쳤다.

양 이병이 떨어졌다!

돼지를 몰고 가던 양 이병이 구덩이로 떨어진 것이다. 너무 좁
은 공간에다 너무 많은 돼지들을 몰아넣은 상태라서 같은 동족을
짓밟아도 달아날 곳이 없었다. 양 이병은 생명의 위협을 느끼고
몸을 일으키려다가 뒤에서 달려드는 돼지의 머리에 들이받혀 다
시 앞으로 꼬꾸라졌다. 돼지가 일부러 양 이병을 공격한 것이 아
니었다. 너무 좁은 곳에서 너무 많은 돼지들이 몸부림을 치다 보
니 그럴 수밖에 없었다. 양 이병이 다시 비명을 질렀다.

"양 이병, 어서 일어나!"

오빠가 저도 모르게 소리쳤다. 양 이병이 돼지한테 다리 하나가 깔린 상태였다. 만약 돼지들한테 배와 얼굴이 깔리면 끔찍한 파국이 일어날 수도 있었다.

"야 이 새끼야, 어서 일어나라니깐!"

오빠가 소리치면서 구덩이로 몸을 날렸다. 오빠의 체중이 돼지들 등으로 떨어졌다. 거대한 파도가 출렁거렸다. 돼지들이 비명을 지르면서 달아나려고 하였고, 그때마다 하나하나 살아 있는 돼지들의 숨결이 느껴졌다. 오빠가 밟자 돼지가 비명을 지르면서 물어뜯으려고 하였다. 오빠는 손에 들고 있던 몽둥이를 휘둘렀다.

"씨팔, 돼지 새끼들아, 꺼져! 물기만 하면 죽여버릴 거야! 어서 꺼져! 꺼져! 양 이병, 이 개새끼야, 어서 일어나! 어서 일어나라니깐!"

오빠가 양 이병 손을 잡아당겼다. 양 이병의 얼굴은 돼지 오줌을 뒤집어쓴 채 하얗게 변해 있었다. 구덩이 위에서 밧줄을 던졌다.

"침착해. 소리치면 안 돼. 돼지들이 놀라면 안 돼. 침착, 침착……."

누군가 계속 그렇게 소리쳤으나 누군지 알 수 없었다. 오빠의 눈에 보이는 사람들이란 사람들은 모두 실루엣만 보였다. 오빠 옆에 있는 양 이병이 돼지로 보였다. 양 이병의 눈에는 오빠가 돼지로 보였으리라. 구덩이 밖에 있는 사람들 눈에도 오빠가 돼지로 보였으리라.

수많은 돼지들이 오빠의 살에 부대꼈다. 돼지의 살과 인간의 살 속에는 똑같이 피가 흐르고 있었고, 똑같이 살기 위해서 몸부림치고 있었다. 그곳에서는 돼지와 인간이 똑같았다.

"밧줄을 꽉 잡아!"

아무리 사람들이 소리쳐도 오빠는 손에 힘이 모아지지 않았다. 뒤에서 돼지들이 두 사람의 발을 붙들고 우리도 살려달라고 아우성치는 것 같았다. 오빠는 이곳이 단순한 구덩이가 아님을 깨달았다. 돼지들만 아니라 살아 있는 것들 누구라도 이 속에 들어오면 죽을 수 있다는 사실을 깨달았다. 이곳은 생의 막장이었다. 살기 위해서 몸부림쳐도 살아남을 수 없는 곳이었다. 오빠는 어서 이곳을 탈출하고 싶었다. 그런데 이상하게도 몸이 말을 듣지 않았다. 아무리 움직이려고 해도 발이 떨어지지 않았다. 돼지 한 마리도 오빠의 다리를 붙들지 않았다. 그래도 오빠는 다리를 움직이지 못했다. 끊임없이 오빠의 발에다 살을 부대끼는 돼지들의 아우성만이 느껴질 뿐이었다.

"몸을 밀치고 부대끼고 비비고 똥오줌을 싸대는 그것들하고 내가 뭐가 다를까, 그런 생각을 했을 뿐…… 어떻게 나왔는지 기억이 없어. 그냥 밧줄만 잡으려고 했고, 구덩이에서 누군가 엄청난 힘으로 나를 빨아들이는 것 같았고……. 아무튼 밖으로 나오자마자 양 이병은 기절해버렸어. 그 새끼 몸은 돼지 똥과 오줌으로

범벅이 되어 있었어. 그놈은 근처 병원으로 실려 갔어. 우리가 나오자마자 인간이 조종하는 거대한 포클레인이 돼지들한테 흙덩이를 퍼붓기 시작했는데……."

오빠는 눈을 감았다.

"저것들이 씨앗들이었으면 했어. 그 순간, 살아 있는 것들의 아우성이 고막에서 울리는데…… 그것들이 씨앗들이었으면 했어. 그럼 다시 태어날 거 아냐? 다시 돼지로 태어날 거 아냐?"

오빠는 그 말을 하면서 다시 헛구역질을 하였으나 이미 다 토해버렸는지 신물만 조금 나왔을 뿐이었다. 오빠는 손수건으로 입을 닦은 다음 계속 말을 이어갔다.

"그날 밤 부대로 와서 어찌나 화가 나던지 소대 후임병들을 다 불러놓고는 처음으로 구타를 하였어. 난 한 번도 누군가를 때려본 적이 없어서 때리지도 못하겠더라. 내 가슴이 더 벌렁거리고. 그래서 몽둥이로 몇 대씩 후려팼는데…… 그게, 다음 날 소대장이 부르더라고. 누군가 소대장한테 말한 것이지. 그래서 한 달간 군기교육대에 가서 뺑뺑이 돌고, 또 부대에 돌아와서 일주일간 반성문 쓰고…… 개지랄…… 그래도 다행인 것은, 뺑뺑이 도느라고, 너무 육체가 힘들어서, 대민 지원 후유증이 없었어. 잠도 잘 자고……. 다른 놈들은 대민 지원 갔다 온 날부터 잠도 못 자고, 어지러움을 호소하고, 토하고, 밤에 헛소리하고…… 양 이병은 밤에 부대 밖으로 소리 지르면서 달아나는 일까지 벌였던 모양이야. 그러자 대민 지원 나갔던 병사들을 개인 면담하고 치료받게 하였지만, 난 아무렇지도 않았어. 눈만 뜨면 뺑뺑이 돌았으니까.”

그렇게 두 달이 지났다. 어느 날 군수가 부대를 방문하였다. 군수가 돼지 두 마리를 부대에다 내놓았다는 소문이 돌았고, 저녁 무렵 사실로 확인되었다. 구제역이 물러갔다고 판단한 군수는 동물들 살처분하는 데 혁혁한 공을 세운 군인들에게 고마움의 표시로 큰 암퇘지 한 마리를 주었다. 부대에서는 금요일 날 체육대회를 하였고, 그 돼지를 잡아서 바비큐를 하여 전 부대원이 참석하는 회식을 하였다. 막걸리도 몇 잔씩 돌았다.

“나는 병장으로 진급한 상태였기 때문에 소대 고참들 눈치로부터 자유롭게 풀려나서 돼지고기를 먹을 수 있었어. 군대에서는 병장이 되면 어느 정도 자유로워. 장교들도 병장들은 어느 정도 예우를 해주거든. 돼지고기라고 하면 사족을 못 쓰는 나는, 새삼 최근에 겪었던 어려운 일들이 떠올라서…… 술이랑 고기를 더 많이 먹었어. 고참들이 술을 주면서 나를 달래주었고, 양 이병을 구하기 위해서 내가 어떻게 했는지 아는 소대장도 위로하면서 술을 주었어. 그러니까 당연히 처음에는 술 때문에 토한 줄 알았지. 고기를 먹자마자 다 토해버렸거든. 그런 일이 처음이라서 믿어지지 않았고 당황했어. 그다음 날도 돼지고기가 나왔어. 역시 그걸 먹자마자 배 속에서 뭔가 소용돌이치면서 뭔가를 밖으로 밀어내려고 해. 역시 다 토해버렸지. 또 소대 고참이 제대한다고 외박 나가서 돼지고기를 먹었는데 역시 토해버렸어."

오빠는 몸에서 뭔가 변화가 일어나고 있다는 것을 알았다. 소대 고참이 제대한 날 한 계급 올라선 양 일병이 국군통합병원으로 후송이 되었다. 더 이상 정상적인 군대 생활이 불가능했기 때문이다. 그날 밤부터 오빠의 꿈속에 양 일병은 단골로 나타났다. 양 일병의 얼굴은 날마다 변했다. 돼지가 되기도 하였고, 오빠의 얼굴로 변하기도 하였고, 대대장이나 중대장으로 변하기도 하였고, 아버지나 친구의 얼굴로 변하기도 하였다. 오빠도 사단 의무대에 가서 상담을 받았고, 거기서 주는 약을 받아먹기도 하였다. 의사는 당분간 돼지고기를 피하라고 권했다. 그러나 오빠는 돼지고기를 피하지 않았다.

"돼지고기…… 삼겹살을 먹지 않는다면 과연 내가 살아 있다고 할 수 있을까? 어느 순간부터 삼겹살을 먹고 토할 때마다, 내가 먹는 삼겹살이 그때 구덩이 속에서 나랑 같이 살을 비벼댔던 바로 그놈들…… 그놈들이타는 생각을 하게 되었어.

이제 와서야 고백하지만, 난, 난, 난…… 말야, 황당하게도 삼겹살은 좋아했지만 돼지는 싫어했어. 더럽고, 지저분하고, 대가리

나쁘고. 언젠가 한 번 돼지우리에 가본 적 있는데, 똥하고 밥이 뒤범벅이 되어 있는데도 오직 처먹기만 하는 동물. 그게 돼지였다면, 삼겹살은 향기롭고 씹으면 씹을수록 맛있는 이 세상에서 가장 맛있는 음식. 이 모순이 내 머릿속에서는 아무렇지도 않게 자리 잡았어. 나는 돼지한테는 관심도 없었어. 돼지가 어떻게 자라는지, 돼지가 구제역에 걸려 죽든 말든. 하지만 삼겹살에 대해서는 전문가였어. 보기만 해도 맛이 있는지 없는지 알아. 굽는 불에 따라 두께를 어떻게 해야 하는지도 알아. 그러니까 삼겹살은 돼지고기이지만, 나는 황당하게도 삼겹살만 인정하고 받아들이고 돼지라는 동물은 별개의 종자로 치부해버린 거야. 우리는 그리고도 잘 살잖아? 요즘 누가 치킨을 먹으면서 닭장 속에서 사는 닭을 생각하니? 닭장 속에, 그 좁은 닭장 속에서 사는 닭을 생각하면 어떻게 치킨을 먹니? 그거랑 똑같은 거야.

근데 그렇게 토하면서 어처구니없게도 삼겹살은 돼지의 몸에서 나오고, 돼지들도 우리 인간들처럼 살아가는 생명체라는 생각을 하게 된 거야. 그때 내 살에 몸을 비벼대면서 살려달라고 아우성치던 그 돼지들, 그것들, 그것들이……. 그래서 더욱 피하지 않기로 했어. 그래, 언젠가는 토하지 않겠지. 내 몸이 진정으로 삼겹살을 이해하고 받아들일 때가 있겠지. 난 그런 생각으로, 삼겹살을 먹기 전에 마음속으로 돼지들아 고맙다 하면서 먹으려고 해. 토할 때마다 눈물이 나지만, 그러고 나면 이상하게도 기분이 좋아져."

오빠의 휴대전화가 울렸다. 엄마였다. 오빠는 여기서 나랑 잠깐 이야기를 하고 있다고 하면서 곧 들어가겠다고 하였다. 오래 걸리지 않으니까 즈금만 기다려달라는 말도 덧붙였다. 아직 고기도 많이 남았다는 엄마의 목소리는 내 귀까지 들렸다. 오빠도 아직 고기 양이 다 차지 않았으니 걱정하지 말라고 웃었다. 오빠는 전화를 끊고 나를 보더니 아까 먹은 걸 다 토해버렸으니 들어가서 3인분은 더 먹어야겠다고 하였다. 나는 충분히 그럴 수도 있다는 판단이 들어서 그냥 들어주기만 하였다.

오빠는 다시 한숨을 내쉬면서 나를 빤히 쳐다보았다. 왜, 내가 무슨 위로의 말이라도 해주기를 원하는 걸까. 안타깝게도 나는 그 어떤 말도 달게 뱉어낼 수가 없었다. 여전히 나에게는 오빠라는 존재가 어려운 사람이었다. 내가 성적이 떨어지거나 혹은 학교생활에 힘들어할 때마다 엄마의 입에서는 오빠라는 말이 흘러나왔다. '오빠를 봐라, 오빠처럼 살아라, 니 오빠는 안 그랬다, 너는 어쩌면 오빠하고 그리도 다르니? 니 오빠하고 의논해봤니? 오빠가 그렇게 말했으면 듣는 척이라도 해라, 오빠가 오죽 생각해서 그렇게 말했겠니? 오빠도 말리면 들어야지…….' 그때마다 나는 오빠라는 존재로부터 달아나고 싶었다.

오빠는 내가 무슨 말을 걸면 늘 냉소적으로, 그러면서도 빈틈없는 논리를 앞세워 내 눈빛의 예봉을 여지없이 꺾어버렸다. 나는 아직까지 단 한 번도 오빠의 눈빛을 이겨낸 적이 없었다. 가장 최

근에는 선생님하고 상담한 이야기를 하였다. 사실 나는 문창과에
진학하고 싶다. 내가 얼마나 글을 잘 쓰는지 그건 장담할 수 없지
만, 내가 훌륭한 작가가 될 수 있을지 그것 역시 불투명하지만, 그
래도 나는 글을 쓸 때가 가장 편안하고 즐겁다. 좋다. 선생님도 내
생각이 옳다고 하였다. 문제는 식구들이었다. 아빠는 침묵하였고,
엄마랑 오빠는 반대하였다. 특히 오빠의 반대가 단호했다. 작가로
먹고살 가능성은 사법 고시에 합격할 가능성보다 훨씬 낮을 뿐만
아니라 전체 작가들 중에서 단 몇 퍼센트만이 그럭저럭 생활을
유지할 수 있다는 통계까지 들이대면서 사범대학에 가거나 약대
에 가라고 하였다. 교사 생활하면서 글을 쓰면 되고, 약국에서 약
을 팔면서 틈틈이 글을 쓰면 된다고 하면서. 오빠는 나한테 수학
적인 재능이 있다는 사실을 파악하고 있었고, 그래서 교묘하게 약
대 쪽으로 몰아갔다. 결국 나는 문과를 포기하고 이과 쪽으로 밀
려날 수밖에 없었다.

오빠의 입에서 다시 복학을 하지 않을 수도 있다는 말이 새어
나왔다. 하도 뜻밖이라서 내 귀를 의심하고는 오빠를 쳐다보았다.
오빠는 진심이라는 뜻으로 살짝 웃었다. 삼겹살을 먹고 토할 때마
다 어떻게 살아야 잘 사는가, 하는 질문을 던진다고 하였다. 그동
안은 명문대학＋노력＝돈, 명예, 행복…… 이라는 공식이 머릿속
에서 튼튼하게 똬리를 틀고 있었으나 얼마 전부터 흔들리기 시작

했다. 오빠는 후회하지 않을, 의미 있는, 남들이 하지 않는 그런 일을 하고 싶다고 하였다. 앞으로 어떤 일을 하게 될지, 다시 공부하여 다른 대학을 선택할 수도 있지만, 적어도 지금 적을 두고 있는 경영학과는 아니라고. 오빠는 여러 가지 가능성을 놓고 고민하고 있지만, 생태에 대해서 공부를 하여 그쪽 분야에서 뭔가를 하고 싶다는 생각이 든다그 하였다. 오빠는 이 문제를 지금 식당 안으로 들어가서 부모님에게 이야기를 하겠다고 하였다. 정말 놀라운 변화였다. 그런데도 내 입에서는 쓴웃음이 흘러나오고야 말았다.

오빠가 벌떡 일어나서 식당 안으로 걸어갔다. 나는 한참 있다가 일어났다. 식당에서 나오는 사람들마다, 끔찍하다, 징그럽다, 심각하다, 너무하다, 땅이 탄다, 몸이 녹는다, 숨도 못 쉬겠다, 이러다 무슨 일 나는 거 아냐, 세상이 변하는 건가, 어쩜 이렇게 덥지, 그렇게 얼굴을 찌푸릴 때, 내 입에선 침이 돌았다. 삼겹살이 떠올랐다. 그놈의 삼겹살이 환장하게 먹고 싶었다. 나도 모르게 식당 안으로 뛰어들었다.

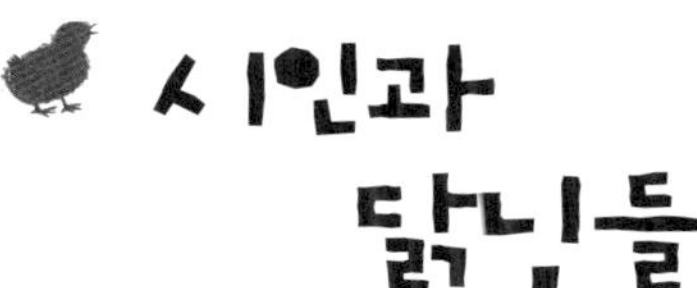

시인과 닭님들

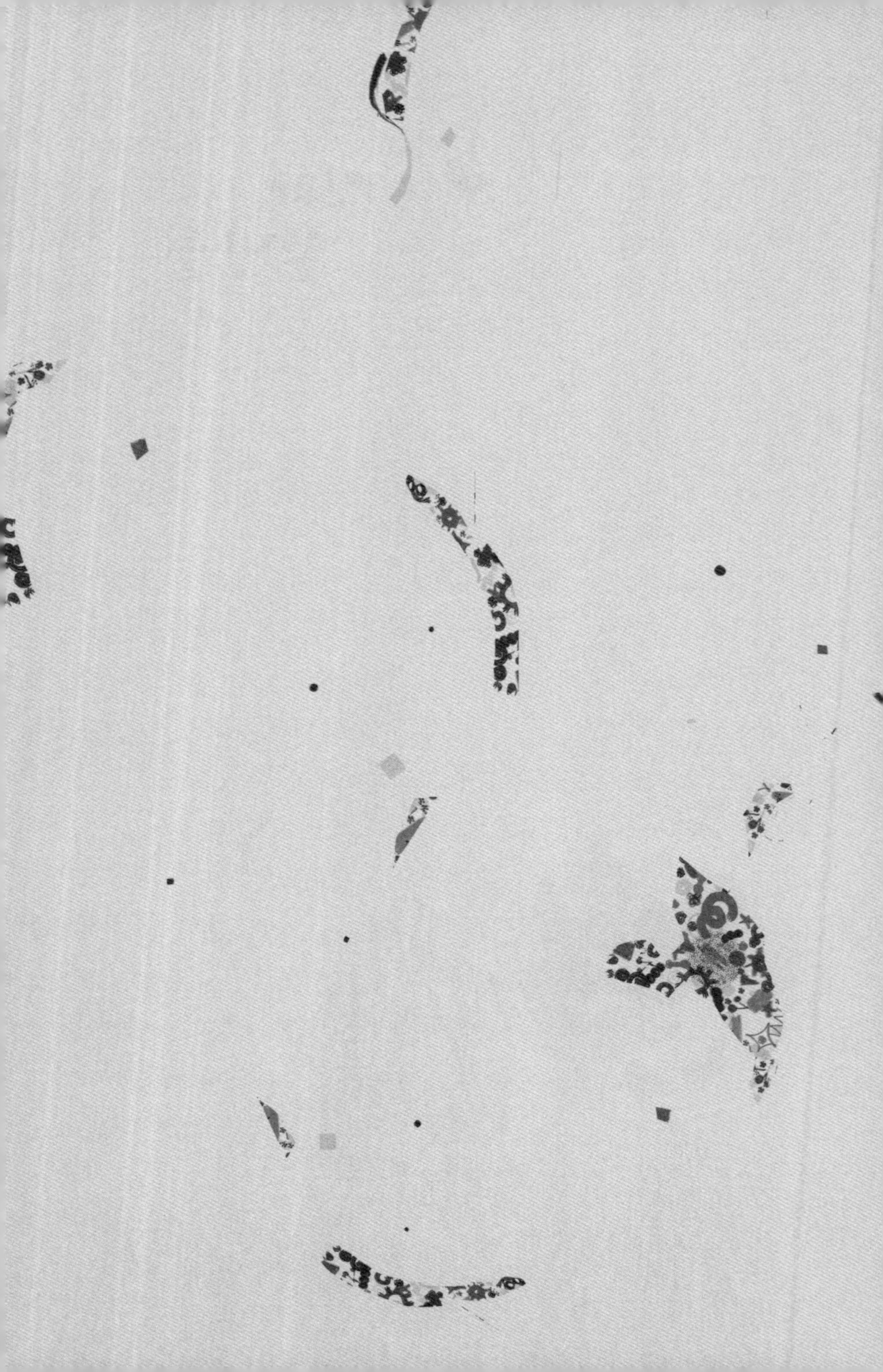

임규찬 형은 충청드 아산에 있는 광덕산 자락에 깃들여 있었다.

사방이 트인 마을에서 그리 멀리 들어가지 않았는데도 갑자기 아득해지고 깊어지는 그런 골짜기였다. 인가라고는 그 형네 집, 딱 한 채뿐이었다. 그 집 혼자서 그 고요함을 감당할 수 있을지 조금은 염려가 되었다. 마당에서 앞을 보니 산주름이 겹겹으로 물결치고 있었다. 첩첩산중이었다. 집 오른쪽에는 고향 형님들 닮은 나무들이 발을 묻고 사는 계곡이 있었으나, 워낙 가물어서 적막감을 조금이나마 덜어줄 수 있는 물소리 하나 굴러다니지 않았다. 그나마 바람이 가끔씩 숲을 쓸어주면서 그 집을 위로해주고 있어 마음이 놓였다.

나는 그곳에서 10년 만에 그 형을 만났다. 그 형은 나를 작가의 길로 이끌어준 사람 중 하나이다.

　나는 서른 살 때 계간 『창작과 비평』이라는 잡지에다 소설을 투고하였다. 당시 그 잡지의 편집위원이었던 그 형이 내 소설을 보고 추천하였다. 그 형 아니었으면 내 소설은 그냥 스러졌으리라. 당시 문단을 이끌어가던 소설들하고는 너무나도 동떨어진 농촌 이야기라서, 다른 비평가였다면 이런 소재는 80년대에나 통하지 지금은 안 된다고 고개를 흔들어버렸으리라. 나는 그 뒤로 책을 낼 때마다 그 형을 떠올리면서 초심을 잃지 않으려고 하였다. 특히 「작가의 말」을 쓸 때마다 고향 어머니와 함께 늘 떠오르던 얼굴이었다. 그런데도 나는 쉽게 그 형을 찾아가지 못했다. 그러는 사이 내 나이도 오십이 되어버렸다.

　작년부터 가끔씩 그 형한테서 얼굴 좀 보자는 연락이 왔다. 그때마다 조만간 찾아뵙겠다고 얼마나 다짐을 했는지 모른다. 그랬을 뿐 뭐가 그리도 바쁜지 찾아뵙지 못하고는 어물어물 해를 넘겨버렸고, 다시 봄볕이 수줍게 퍼지던 날 그 형의 전화를 받았다.

　"나 안식년이라서 여기서 쉬고 있으니까, 언제든지 와라."

　그 전화를 받고도 '간다, 간다, 간다……'는 말을 열 번도 더 곱씹은 뒤에야 그 골짜기를 찾아갔으니, 나라는 놈도 참 어지간한 인간이다.

　제법 농군 품새가 나는 그 형은 편안해 보였다. 그 형이 어루만져놓은 텃밭에서 꼼지락꼼지락 살아가는 채소들도 평온한 얼굴이었다. 마당 한쪽에서 문지기 노릇을 하고 있는 진돗개들도 역시 평온한 눈알을 굴리고 있었다. 다만 얼마 전에 사 왔다는 어린 닭들만이 아직은 이 골짜기를 낯설어하고 있었다.

그 형은 조금 있으면 소설가 송기원 선생님과 전성태가 온다고 귀띔하였다. 문단의 후배인 전성태 작가야 여기저기서 스쳐 보다 이미 인사를 나눈 사이였지만 송기원 선생님과는 첫 대면이라 즈금은 부담스러울 수밖에 없었다. 나는 문학청년 시절에 송기원 선생님의 웅숭깊은 소설을 보면서 작가의 꿈을 키웠다. 특히「월행」이라는 작품을 마음속 깊이 담았다. 지금도 달밤에 길을 나서면 늘 그 작품이 수묵화처럼 번져 오른다. 그런 분이 오신다니 한편으로는 고맙기도 하고 한편으로는 부담스러워서 한 번도 뵌 적이 없다고 어려운 내색을 했더니, 그 형은 조금도 걱정하지 말라는 투로 웃어주었다.

"모든 사람들을 대범하게 대하는 분이니까……."

그 형은 내가 온 김에 겸사겸사 평소 보고 싶었던 두 사람을 더 초대했다고 덧붙였다.

그분들은 예정된 시간을 조금 지나서야 마당으로 들어섰다. 송기원 선생님은 전성태 작가한테 나에 대한 귀띔을 들었는지 대뜸 악수를 청하면서,

"이상권 씨 이야기 많이 들었습니다."

옛 어른들 얼굴에서나 볼 수 있었던 그런 미소를 흘렸다. 그 형이 함평 촌놈이라면서 말을 낮추라고 해도, 초면이라 그럴 수 없노라

고 애써 공대를 하였다.

　저녁 겸 조촐한 술판이 벌어졌다. 나는 막걸리 두어 잔이면 패잔병이 되어 나가떨어지는지라 일부러 천천히 술을 마셨다. 어린 아들을 데려온 전성태 작가는 그놈하고 놀아주어야 하기 때문에 역시 술판에 집중하지 못했다. 그 형과 송기원 선생님만이 제법 흥겹게 술잔을 주고받았다. 누가 보아도 묵직한 술꾼들임을 한눈에 알 수 있었다.

　"규찬아, 니 집이 참 좋은 곳에 터를 잡았다. 좋아, 모든 것이 좋겠어. 앞이 툭 트였고, 햇살도 잘 들고……."

　"이제 알았으니까, 종종 오세요."

　집터에 대한 이야기가 오가고, 나무에 대한 이야기, 텃밭에 대한 이야기, 숲에 대한 이야기, 개에 대한 이야기, 5일장에 대한 이야기까지 오다가 닭 이야기로 흘러갔다.

　"닭도 키우네?"

　"예, 예산 장에 가서 사 왔는데, 상권이가 토종닭이 아니라고 하네요. 저는 토종닭이라고 샀는데요."

　"토종닭은 홍일선 선생님네 집에 많아요. 저도 달걀 한 판 얻어다 먹었습니다. 홍일선 선생님이 주셨어요. 진짜 맛있더라고요. 달걀이 달라요. 조금 작은데요, 날달걀을 먹어도 전혀 비리지도 않고 고소해요……."

　뒤에서 아이랑 놀던 전성태 작가가 끼어들었다. 전혀 예상하지 못했던 말이었다. 그 달걀이 전성태네 식구들 몸속까지 흘러들었다니까, 나도 모르게 기분이 좋아졌다.

"이야, 성태 자네도 그 달걀을 얻어다 먹었다 이 말이지? 그 닭들이 우리 집에서 간 거야. 알지? 우리 집에서 키우던 다섯 마리를 보냈어. 그게 700마리로 불어난 거야."

"뭐, 700마리? 아니, 일선이가 그 많은 닭을 키운다고?"

나는 순간적으로 송기원 선생님이 홍일선 시인보다 나이가 많다는 사실을 깨달았다.

"예, 선생님. 아다 우리나라에서 가장 닭을 잘 아는 분일 겁니다……. 제가 서울을 떠나 용인 고기리라는 곳으로 이사를 가자마자……."

나는 약간 흥에 들떠서 홍일선 시인네 집으로 닭을 보내게 된 사연을 풀어놓기 시작했다.

1

6년 전 우리 식구는 서울을 떠나 용인 고기리라는 산골 마을에 들어앉았다. 우리는 나무로 지어진 이층집을 보고 한눈에 반해버렸다. 당시 중학교 1학년이었던 딸은 이층집에서 사는 게 꿈이었다고 하였고, 아내는 햇볕과 달빛이 방 안에서 찰랑거리는 그런 집에서 사는 게 꿈이었다고 하였고, 나 역시도 풀 냄새 물 냄새 맡으며 사는 게 꿈이었다. 집에서 어느 쪽을 보아도 산이었다. 산을 믿고 산을 따르지 않으면 살 수 없는 곳이었다. 전원주택 단지였는지라 집들이 대여섯 채 있기는 했으나 워낙 왕래가 없어서 하루 종일 사람 구경을 할 수 없는 곳, 우체부가 오는 시간이 기다려지는 그런 곳이었다.

고향에 계시는 어머니는 시골살이를 "징한 풀과의 전쟁이어야" 하고 표현을 했는데, 봄볕이 푸지게 쏟아지면서 날마다 어머니의 그 목소리가 귓전에서 살았다. 전원주택에서의 삶도 풀과의 전쟁이었다. 마당에는 잔디조차 깔려 있지 않아서 봄비란 놈들이 살그머니 다녀갈 때마다 풀들은 '야호, 우리들 세상이다!' 하고 춤을 추면서 마당으로 뛰어들었다. 녀석들의 배후 조종자는 집 좌우 측 집터에다 거대한 왕국을 차린 풀숲이었다. 그 풀숲은 내가 쳐다볼 때마다 '여기는 우리 땅이니까 함부로 건들지 마시오!' 하고 엄포를 놓듯이, 바람을 블러다가 살랑살랑 거대한 몸을 흔들어댔다. 동네 사람들이 그 숲을 "호랑이 몇 마리가 숨어 있을 거야" 하고 표현했을 정도였다. 어디서 모여들었는지 모르겠지만 하여간 수백 종이 넘어서 풀들의 종족 전시장을 방불케 하였다. 어쨌든 그들은 치열하게 싸우면서도 서로서로를 인정해주었고, 서로서로의 살과 살을 비벼대면서 살아가고 있었다. 나는 그 풀들을 진압해야만 우리 집 마당으로 쳐들어오는 잔풀들의 세력이 약해진다는 것을 알았다. 그렇다고 낫으로 제압할 수도 없었다. 나는 고심하다가 시골 어머니한테 자문을 구했다.

"너는 인자 죽었다. 마당을 풀들이 노리기 시작하면 못 막어야. 절대 풀은 못 당한다. 풀하고 맞서다가는 골병든다. 내가 다음 달에 올라갈 때 제초제 한 병 가지고 가마. 그것을 물조루에다 타서 졸졸졸 뿌리면 돼. 그럼 싹 죽어버려야. 그게 최고야."

어머니는 생의 대부분을 풀하고 싸워온 농군답게 최첨단 무기인 제초제를 권했고, 그것이야말로 가장 저렴한 가격으로 가장 편안하게 적군을 물리칠 수 있는 무기라는 사실을 수차례 강조하였다. 내가 차마 제초제는 쓸 수 없다고 하자, 지금은 제초제가 좋아져서 옛날만큼 독하지도 않다고 안심을 시켰다. 나는 지하수 때문에 제초제를 쓸 수 없다고 하였다. 그 말에 어머니도 더 이상은 다그치지 못하고 망설이더니,

"그럼 닭을 키워봐라. 닭 10여 마리 거기다 풀어놓으면 지아무리 춤추고 배짱 좋은 풀이라고 해도 버티지 못할 것이다. 토종닭 풀어놓으면 그 주둥이로 정신없이 뜯어 먹고 발로 밟아대고 제초제보다 더 독한 똥 싸발기고 하면, 아무리 징한 풀이라고 해도 고개가 꺾이고 말아야. 그게 최고다. 그렇다고 염소나 소를 키울 수는 없을 테니까."

그렇게 자신 있게 늘어놓는 어머니의 말이 끝나기도 전에 나는 닭을 키워야겠다고 마음을 먹었다. 그래, 닭이다. 닭만 있으면 그 풀들은 끝장이다. 그 풀 속에서 살아가는 뱀들도 끝장이다. 그 풀 속에서 살아가는 꼽등이며 온갖 벌레들, 특히 내가 가장 싫어하는 진드기도 끝장이다.

마침 다음 날이 모란장이었다. 나는 신나게 모란장으로 달려갔다.

어머니는 반드시 토종닭을 구해야 한다는 조건을 달았다. 그래야 풀한테 대적할 수 있다고 했다. 모란장에서 병아리를 파는 장사치들은 모두 자기네 닭이 토종닭이라고 떠벌렸다. 토종닭이 아니라고 눈꼬리 사리는 이는 아무도 없었다. 나는 토종닭이 조금

작다는 사실만 알고 있었을 뿐 구체적인 정보를 추렴하지 못한 상태였다. 그러니 병아리만 보고는 확신할 수가 없었다. 결국 어미가 딸린 병아리를 구하기로 하였다. 마침 우리 어머니보다 대여섯 살 웃돌아 보이는 할머니가 토종닭으로 추정되는 암탉이랑 병아리를 팔고 있었다. 병아리들 깃털 색깔도 다양했다.

"할머니, 이거 토종닭이죠?"

"예에, 나는 닭이오. 나무에서 자요. 놓아먹인 닭입니다."

"근데 왜 병아리가 다섯 마리밖에 없어요? 파시고 남은 거예요?"

"아니요. 너무 일찍 품는 바람에 알이 다 곯아버려서 이것밖에 못 깠어요."

"좀 많았으면 좋았을 텐데……."

나는 아쉬움을 드러내면서 우선 이 병아리라도 사야겠다고 마음을 굳혔다.

"이거 얼마에 파세요?"

"아, 예…… 그것이 좀…….."

연세에 비해서는 말씨가 정확하고, 분명히 한평생 장을 파고 살아온 것 같은데도 얼굴이 고운 그 할머니는 자꾸만 망설였다. 나는 값을 비싸게 받으려고 하는 줄 알았다.

"얼마에 파시려고요?"

"그것이 팔기는 팔아야 하는데…… 병아리들만…… 암탉은…… 막상 팔려고 하니까 못 팔겠소. 나랑 5년을 같이 살아온 암탉이라서…… 팔라고 왔소만, 막상…… 병아리도 다 컸으니까…… 병아리만…… 그러니까 병아리만…….”

“아, 그러니까 병아리만 파신단 말이네요? 그러면 병아리들이 죽지 않을까요?”

“그건 내가 보장해요. 절대 안 죽을 거요.”

나는 그 할머니의 눈빛을 보았다. 감히 내가 그 할머니의 눈빛을 헤아린다는 건 거짓말이고, 나는 그냥 우리 어머니처럼 살아온 그런 늙은 눈빛을 믿어주고 싶었다. 그 할머니가 나를 보고 웃었다. 나는 그 병아리들을 사겠다고 하였다. 할머니는 대신 싸게 주겠다고 하였다. 암탉은 어린 새끼들을 떼어놓지 않으려고 양 날개에다 힘을 주고 파닥거렸고, 그때마다 할머니는 미안하다는 말을 되풀이하면서 어린 새끼들을 갈라놓았다. 눈물겨운 장면이었다. 나는 마당 넓은 곳에다 놓아기르겠다고 말했다. 그 암탉에게 들으라고 하는 말이었다.

“아이고, 우리 새끼들…… 그런 곳이면 잘됐네. 입삐툴이야, 봐라. 니 새끼들이 좋은 곳으로, 좋은 사람 만나서 간다고 하니까 이제 맘 놓고 가자.”

그 말을 듣고 암탉을 보니 부리가 비틀어져 있었다. 비틀어진 부리의 끝이 벌어져 있어서 모이를 주워 먹기도 힘들어 보였다. 더 이상 할머니가 이야기를 덧붙이지 않아도, 왜 그 암탉을 팔지 못하는지 상상을 할 수가 있었다. 그 암탉은 정상이 아니었다. 입으로 수저질 젓가락질까지 다 해야 하는 닭한테 부리가 비틀어져 있으니 그 닭은 살 수가 없었다. 그런데도 살아왔고, 건강하게 새 끼들까지 길러낸 어머니가 되었다. 나는 암탉이 든 상자를 안고 가는 할머니의 뒷모습에서 수많은 사연들을 상상하였고, 달려가 서 그 사연을 물어보고 싶은 충동으로 몸을 부르르 떨었다.

2

집에 오자마자 종이 상자에 든 병아리들을 풀어놓았다. 어미가 없어서 걱정을 했으나 병아리들은 씩씩하게 돌아다녔다. 개중 한 놈이 까만 개미를 보자마자 쫓아갔다. 나머지 녀석들도 덩달아 따라갔다.

나는 이 세상에서 가장 근사한 집을 녀석들에게 선물해주고 싶었다. 우리가 보통 알고 있는 그런 닭장은 머릿속에서 지워버렸다. 나는 풀들이 우거진 빈 집터를 가늠하였다. 풀밭 한가운데에는 키는 크지 않아도 잔가지가 무성하게 뻗은 호랑버들이 살고 있었다. 나는 그 호랑버들을 중심축으로 닭 집을 설계하였다. 호랑버들 아래에다 횃대를 만들어주고 비가 들이치지 않도록 갈대 지붕을 만들어주었다. 그런 다음 동그랗게 울타리를 치기 시작했다. 큰 말뚝을 베어다가 군데군데 기둥 삼아 박아놓고는 가느다란 나무들을 베어다가 옛 고향집 싸리울처럼 꽂았다. 아무도 그런 닭 집을 예상하지 못했는지라 지나치는 사람들마다 "참 예쁘네. 닭 집 한번 예뻐. 꼭 무슨 인디언들 집 같아" 하는 말을 아끼지 않았다.

울타리 뼈대가 되는 나무들도 생나무를 쓰지 않았다. 시간이 좀 걸리더라도 발품을 팔아 숲을 뒤져서 죽은 나무들을 베어다가 꽂았다. 그래야 더 멋스러웠다. 워낙 많은 잔 나무들이 들어가야 하는 공사여서 열흘이 넘어서야 갈무리되었다.

병아리들도 그 집을 마음에 들어 하였다. 울타리 안이 넓어서 병아리들이 마음껏 뛰어놀 수 있었고, 개나 고양이 혹은 산에서 내려온 여러 동물들의 음흉한 눈빛을 피할 수도 있었다. 땅에는 풀이 차고 넘쳐서 부지런하기만 하면 배곯을 염려도 없었다.

나는 사료를 주지 않았다. 음식물 찌꺼기를 조금씩 주었을 뿐이다. 병아리들은 그들 조상이 피로 물려준 본능에 따라서 부지런하게 풀씨를 쪼아대고 움직이는 곤충들을 조준하여 쪼아 먹었다.

병아리들이 자라면서 울타리 안에서 살아가는 풀들도 긴장하기 시작했다. 닭과 풀들의 치열한 신경전이 벌어지고 있었다. 나는 흥미롭게 닭과 풀들의 싸움을 지켜보았다.

닭들은 거의 모든 풀을 뜯어 먹었지만 그중에서도 쑥 잎이랑 야생콩 잎을 좋아했다. 쑥과 야생콩은 그 풀밭에서 가장 세력이 강했다. 닭은 줄기차게 뜯어 먹고 독한 똥을 쏟아냈다. 강력한 상대를 평생 처음 만난 풀들이 당황하면서 퇴각하였다. 풀들은 비와

바람에게 도움을 청했다. 비바람은 풀들의 오랜 친구였다. 풀들이 말라가자 곧장 비바람이 들이닥쳤다. 그러자 풀들은 다시 전열을 정비하여 삽시간에 기세가 살아났고, 닭들이 갈겨놓은 똥조차 풀들의 뿌리가 흡수하고 제 살로 만들어버렸다. 처음에는 닭똥이 독해서 풀잎에 닿으면 풀잎이 사그라들었지만 어느 정도 시간이 지나거나 비를 맞은 뒤에는 오히려 비실거리는 풀한테 마법 같은 영양제로 변해버렸다.

그들의 싸움은 어느 한쪽이 일방적으로 다른 한쪽을 깔아뭉개지 못했다. 닭들이 지나치게 풀잎을 많이 뜯어 먹어서 그들의 승리가 눈앞에 보이는가 싶으면 어느새 비바람이 불어서 풀들을 지원하였고, 풀들이 지나치게 우거지면 비바람이 어디론가 꼭꼭 숨어버려서 닭들이 우거진 풀들을 마음대로 자라지 못하게 하였다.

내가 이 이야기를 어머니한테 하였더니,

"니가 닭을 너무 적게 샀구먼. 열댓 마리 사다가 키우라니깐. 그것도 병아리를 키우면 안 되지. 큰 닭을 키워야 그것들이 풀을 밟아대고 뜯어 먹고 똥을 싸대고 하지."

그렇게 아쉬워하면서 지금이라도 큰 닭을 몇 마리 더 투입하라고 하였다. 나는 이 정도 닭이 딱 좋으며, 풀과 닭이 적당히 서로를 인정하면서 살아가는 모습이 보기 좋다고 덧붙였다. 나도 닭을 보면서 많이 배웠다는 말도 하였다. 어머니는 헛웃음을 지으셨다.

"가끔씩 텔레비전 보면 볍씨를 뿌려놓고도 풀을 뽑지 않고 같이 키우는 사람들이 있더라만…… 에이그, 어디 그것이 농사냐? 너야 그냥 재미로 키우니까 풀이 망나니 칼 같은 이파리를 휘두르면서 굿을 하든 상관없다만, 거기서 뱀이 나올까 봐 그런다. 뱀한테 물리면 큰일이다. 항상 장화 같은 것 신고 다녀라."

나는 닭들이 더 크면 을타리 밖으로 풀어놓을 테니 걱정하지 말라고 하였다.

3

병아리들이 중닭이 되자 울타리 사립문을 열어놓았다. 닭들은 신기하게도 뱀을 찾아내면 소리쳐서 나를 불렀고, 그때마다 나는 막대기를 들고 가서 멀리 쫓아버렸다. 닭들은 고양이가 나타나도 겁을 먹지 않고 모두 모여서 아주 시끄럽게 욕을 퍼부어댔다.

고양이는 그런 닭들을 공격하지 못했다. 간혹 깊은 풀밭 속에 웅크리고 있다가 덮치려고 했으나 그때마다 닭들이 먼저 알아채고는 귀청 터지도록 욕설을 퍼부어댔다.

닭들은 내가 만들어준 횃대에서 잠을 자지 않았다. 호랑버들 가지가 더 편하다는 표정이었다. 하지만 호랑버들 가지에서는 비를 피할 수가 없었다. 장대비가 쏟아져도 갈대 지붕이 있는 횃대로 가지 않았다.

억지로 녀석들을 횃대 쪽으로 몰아넣기도 하였다. 닭들은 마지 못해 횃대로 올라갔다가도 내가 돌아서기만 하면 다시 호랑버들 위로 올라가버렸다. 아무리 쫓아도 소용없었다. 나는 닭들이 탈이 날까 봐 비를 맞지 않는 곳으로 밀어 넣으려고 하였던 것이다. 어쨌든 닭들은 비를 맞아도 끄떡없었다.

이 닭들은 내가 생각하는 것보다 훨씬 강하다는 사실을 알았고, 어쩌면 아직도 녀석들의 몸속에는 야생 닭의 피가 흐르고 있을지도 모른다는 생각도 하였다. 나는 비를 맞는 닭을 볼 때마다 그 할머니를 기억하려고 애를 썼다. 어쩌면 나한테 닭을 팔았던 그 할머니가 마녀였을지도 모른다는 터무니없는 상상을 하면서 혼자 웃기도 하였다.

고향에서 추석을 쇠고 돌아오던 날 아내가 닭들을 보면서 나를 불렀다.

"여보, 나는 수탉하고 암탉을 구별할 수가 없네요. 이제 거의 다 컸으니까 다를 텐데……."

그제야 나도 유심히 닭들을 보았다. 순간 당황스러웠다. 수탉이 없었다. 다섯 마리 모두 암탉이었다. 아무리 보고 또 보아도 수탉으로 추정되는 녀석도 없었다. 저마다 닭 벗이 작았고 암탉들 특유의 몽땅한 몸집이었다. 대개 수탉들은 꼬리 깃털이 화려하고 벼슬이 클 뿐만 아니라 몸집이 길쭉하다는 것쯤은 나도 알고 있었다. 다섯 마리 중에서 수탉이 한 마리도 없었다니, 그런 사실을 지금까지 몰랐다는 것도 믿어지지 않았다.

나는 다시 모란 시장으로 가서 하루 종일 다리품을 판 끝에 제법 품종이 좋아 보이는 수탉을 샀다. 이제는 어느 정도 토종닭을 알아볼 수 있었기 때문에 여러 장사치들에게 휘둘리지도 않았다. 다만 집에 있는 암탉들에 비해 조금 어린 것이 걱정은 되었으나 그 정도는 녀석이 극복해야 한다고 생각했다. 나에게 수탉을 판 아저씨는 이 닭이야말로 토종닭이며 절대 죽는 일은 없을 것이라고, 만약 석 달 안에 죽으면 리콜을 해주겠다고 큰소리쳤다.

입에서 비릿하게 소주 냄새를 풍기는 아저씨는 누런 이를 드러내면서 그 수탉한테 잘 가라는 인사말까지 건넸다. 내가 보기에도 닭은 붉은 털빛이 깨끗했으며 무엇보다도 눈이 초롱초롱했다. 아내랑 딸도 그 수탉을 마음에 들어 하였다. 녀석은 약간 수줍음을 탔다. 사람들이 오래 쳐다보면 슬쩍 눈을 돌리면서 모이를 주워 먹는 척했다.

뜻밖에도 암탉들은 그 수탉을 받아들이지 않았다. 닭하고 말이 통하지 않으니 무엇이 불만인지 감조차 잡을 수 없었다. 암탉들은 이미 자기들끼리 몰래 회의를 하여 의견 일치를 보았는지 새로 온 수탉한테 조금도 곁을 주지 않았다. 수탉은 번갈아가면서 암탉들에게 접근하였으나 그녀들의 부리는 매몰찼다. 어찌나 사납게 쪼아대는지 수탉의 얼굴은 상처투성이로 변했다. 밤에 잘 때도 가까이 오지 못하게 눈에다 날을 세웠다. 수탉은 암탉들이 잠든 틈을 타서 재빠르게 그녀들 사이를 파고들기도 했다. 뒤늦게 그 사실을 알아챈 암탉들은 더욱 그악스러운 사납쟁이로 변해버렸다. 다섯 개의 억센 부리가 동시에 쪼아댈 때마다 수탉은 견디지 못하고 다른 곳으로 피신하였다.

수탉은 늘 외톨이었다. 날이 갈수록 수탉은 여위어갔다. 늘 암탉들 눈치만 살폈으며 내가 따로 모이를 주어도 달가워하지 않았다. 그 수탉은 자존심이 강한 녀석이었다. 어떻게 해서든 암탉들의 인정을 받고 싶어 하였다. 한 번은 산에서 너구리가 내려오자 죽음을 무릅쓰고 달려들기도 하였다. 다행히도 너구리는 마침 집 앞에서 서성거리던 나를 브고 달아났다. 암탉들은 그런 모습을 보고도 수탉을 인정해주지 않았다.

결국 수탉은 심한 우울증에 걸려 시름시름 앓다가 숨을 놓아버렸다.

나는 다시 모란 시장으로 가서 수탉이 죽으면 리콜을 해주겠다던 닭 장수를 만났다. 내 이야기를 들은 닭 장수는 그 수탉을 팔 때하고는 달리,

"이건 리콜 대상이 아니에요. 솔직히 병에 걸려서 죽었으면 리콜을 해주려고 했는데. 이건 뭐 그런 경우가 아니잖아요? 다른 닭들 때문에 수탉이 죽은 경우인데 리콜은 그렇고, 대신 조금 싸게 다른 수탉을 주겠소."

하고 슬쩍 말을 바꿨으나, 나는 애초부터 닭 장수의 리콜이라는

말을 믿지 않았으므로 더 이상 따지지 않았다. 대신 이번에는 좀 더 강한 수탉을 달라고 하였다. 그는 닭장 속에 있는 수많은 수탉들을 끼웃끼웃하더니 붉은색 바탕에 검은 깃이 가끔 섞인 수탉을 보여주었다. 버슬이 축 늘어져 있는 품이 제법 나이가 들어 보였다. 나는 고개를 흔들었다. 너무 늙어 보였다.

"허허, 무슨 소리. 내가 들어보니 사장님 집에서 기르는 암탉들 기가 상당히 세구먼요. 그런 암탉들은 나이가 든 노련한 수탉이라야 상대할 수 있습니다. 젊은 수탉들은 절대 못 이겨요. 닭들도 사람하고 똑같습니다. 사람도 남자들이 절대 여자를 못 이겨요. 힘으로 이기는 게 아니잖아요? 닭들 세계도 똑같아요. 경험이 많은 수탉은 여러 가지 방법으로 암탉을 유혹합니다. 좋은 먹이를 보면 혼자 먹지 않고 암탉을 부르고, 위험이 닥치면 자신이 앞장서서 막아주고, 심지어 밤에 잘 때도 자신이 가장 바람이 많이 부는 곳에서 자고 그래요. 이 수탉은 경험이 많아서 괜찮을 겁니다."

그 말을 듣고 보니 그럴듯해서 싸게 달라고 흥정을 하였다. 닭장수는 싸게 준다고 하면서 가격을 불렀으나 전혀 싸지 않았다. 역시 장사꾼이군. 나는 속으로 한 번 중얼거린 다음 장사꾼이 부르는 대로 돈을 지불하고 그 닭을 샀다.

집에 와서 보니까 시장에서 볼 때보다 더 나이가 들어 보였다. 우선 털빛이 매끄럽지 않았고 걸음걸이도 씩씩하지 않았다. 아내는 잘못 사 왔다면서 고개를 흔들어버렸다. 그래도 나이 많은 동물들 특유의 생각이 깊어 보이는 눈빛을 보자 한번 믿어보자는 기대감이 싹텄다. 나이 든 수탉은 함부로 암탉들에게 접근하지도 않았다. 우선 상대를 충분히 파악하겠다는 작전이었다. 나이 든 수탉은 밤에도 혼자 잤으며, 먹이도 혼자 먹었다. 그러면서 늘 암탉들 주위를 맴돌았으며, 그중에서 가장 약해 보이는 암탉에게 먼저 접근하였다. 하지만 암탉들은 그 나이 든 수탉의 마음을 다 읽고 있었다. 그 수탉이 암탉에게 접근하자,

"저 늙은 영감탱이를 몰아내자!"

하고 소리치면서 일제히 달려들었다. 당황한 수탉은 급하게 날개를 펼쳐 날아올랐다. 수탉은 우리 집 지붕 위로 날아올랐다가 뒤쪽으로 내려갔는데, 마침 산에서 내려오던 떠돌이 개들의 사정거리에 들고야 말았다. 꿩 사냥을 전문적으로 하는 다섯 마리의 떠돌이 개들은 내가 나설 틈도 없이 그 수탉을 물고 달아나버렸다.

"또 죽어버렸네. 진짜 수탉 한 마리 키우기 힘드네. 야 이놈들아, 다 너희들을 위해서 이러는 것이다. 대체 너희들이 원하는 수탉이 어떤 놈이냐?"

나는 암탉들을 쳐다보면서 크게 소리쳤으나 닭들이 내 말을 알아들을 리가 없었다. 결국 다시 모란 시장으로 갈 수밖에 없었다. 이번에도 리콜을 해준다는 그 닭 장수부터 만났다. 닭 장수도 이런 경우는 처음이라면서 눈만 껌벅거렸다.

"허허, 진짜 이해가 안 되네요. 진짜 암탉이 거부하는 거 맞아

요? 물론 처음에는 하루 이틀 거부할 수 있지만 대부분은 그냥 수탉한테 순종하는 법인데…… 사장님 사시는 곳이 음기가 강한 모양이네요. 그런 곳이라면 어떤 수탉을 가져가도 마찬가집니다. 제가 닭 장수를 30년 했는데요, 닭도 아무 데서나 사는 게 아닙니다. 닭이 안 되는 곳이 있어요. 그래서 옛날 사람들은 닭 키우는 것을 농사라고 했잖아요? 닭 농사라고요. 곡식도 잘되는 땅이 있고 안 되는 땅이 있듯이 닭 농사도 안 되는 곳이 있다 이 말입니다. 사장님네 집은 수탉이 안 되는 곳입니다. 수탉이 안 된다는 것은 닭 농사가 안 된다 이 말입니다."

닭 장수는 더 이상 수탉을 팔지 않겠다고 하였다. 괜히 팔았다가 원망만 듣게 된다고 하면서 닭을 치우고 오리를 키우라고 권했다. 내가 원망하지 않을 테니 수탉 한 마리만 더 팔라고 해도 단호하게 고개를 흔들어버렸다. 그는 이내 싸늘하게 고개를 돌려버렸고 나하고는 더 이상 눈을 마주치지 않았다.

그날 하루 종일 시장을 뒤졌으나 내가 원하는 수탉을 찾지 못했다. 힘없이 집으로 오다가 모란 시장 근처에 사는 고향 친구를 떠올렸다. 내 전화를 받은 친구는 껄껄껄 웃었다.

"자네 나한테 연락 잘했네. 내가 모란 시장에 잘 아는 형님이 있네. 닭 장수는 아니고 개장수네만…… 예전에는 닭도 팔았네. 내가 말해서 자네가 원하는 수탉을 구해줌세. 그래도 자네가 작가라서 다르긴 다르네. 다른 사람들 같았으면 대충 아무 수탉이나 사 갔을 것인데⋯⋯. 살아 있는 것 산다는 것이 그렇제 뭔⋯⋯. 나는 평생 건축 일을 하면서 닭이나 개를 하도 많이 잡아먹다 보니, 나도 나름대로 닭에 대해서는 아네. 고기 맛으로 아는 것이제. 그놈이 어떻게 살았는지, 요것은 마당에서 키웠는지 양계장에서 키웠는지, 사료를 먹였는지 그냥 놓아먹였는지⋯⋯ 고기 맛을 보면 다 아네. 마당에서 키운 닭들은 약간 질기지만 고기가 달고 냄새도 많이 안 나. 씹을수록 끄소하다네⋯⋯. 살에 풀 냄새랑 흙냄새가 배어 있는 셈이제."

내 몸속으로 친구의 목소리가 편안하게 스며들었다. 이제는 됐다고 아내한테 전화까지 하였다. 아내도 그 친구를 잘 아는지라 왜 그 생각을 미리 하지 못했냐고 하였다.

다음 날 그 친구한터서 문자 메시지가 왔다.

―그 형님이 걱정하지 갈라고 하네. 대신 좀 기다리라네. 요즘 조류독감이 난리라서 닭들이 많이 나오지 않는다네. 그래도 그 형님이 잘 아는 분이 있다니까.

그다음 날도 문자가 왔다.

―오늘 닭 몇 마리를 봤는데, 눈깔때기가 다 썩은 동태 눈깔이라네. 좋은 닭을 구하려면 시간이 필요하네. 이건 물건이 아녀. 자네도 잘 알제? 똑딱뚝딱 만들어지는 게 아니고 누군가 잘 키우고 있는 것을 찾아야 하네. 닭은 많아도 그런 닭은 힘드네.

그다음 다음 다음 다음 다음 날에도 문자가 왔다.

—그 형님이 다음 장에 한번 들르라네. 뭔가 좋은 소식이 있는 모양이네. 자네 개고기 먹제? 그 집에서 개고기나 팔아줘야제.

—수탉 한 마리 구하기 위해서 이렇게까지 해야 하다니. 알았네. 고맙네.

나는 그런 문자 메시지를 보내면서도 은근히 기대가 되었다.

그 친구가 형님으로 부르는 분이 운영하는 보신탕집은 모란 시장하고는 상당히 거리를 두고 있었다. 몸집이 딱 벌어지고 배가 나와서 스모 선수를 연상시켰으나, 상대방을 쳐다보는 눈빛이 거칠지 않아서 편안하게 마주 볼 수 있었다. 그 친구가 형님으로 부르는 사람은 나를 보더니 대뜸,

"나를 닮은 놈을 한 마리 구해놨으니 걱정 마시고 술이나 한잔 하세요."

그런 농담을 하였다. 그 친구가 형님으로 부르는 사람은 술이 몇 잔 돌고 돌자 그제야 느릿느릿 일어나서 수탉을 보여주었다. 상자 안에 들어 있는 수탉은 지금까지 내가 만나본 녀석들 중에서 가장 거칠어 보였다. 벼슬이 어찌나 상처투성이인지 싸움닭을 연상시켰다. 무엇보다도 눈빛이 강했다. 반항아였다.

"아니, 저 닭입니까?"

내가 조금 실망스러운 눈빛을 지었다.

"예, 내가 닭을 잘 압니다. 보기 드문 놈입니다. 눈빛 보세요, 저 강렬한 눈빛. 수탉이라면 저래야지요. 또 산 밑에서 놓아기른다면

서요? 암탉들이 드세다면서요? 저 정도는 되어야지 감당하지요.”

“친구, 내가 보기에도 괜찮은 놈이네.”

고향 친구까지 나서자 수긍하지 않을 수가 없었다.

“알겠습니다. 그런데 저 수탉이 왜 사장님 같습니까? 제가 보기에는 외모가 전혀 다른데요. 어이, 친구, 안 그런가?”

내 말에 그 친구가 형님이라고 부르는 분은 허허허 웃어버렸다.

“제가 어떻게 납득을 시킬 수는 없습니다만…… 제가 보기에는 저놈이 저랑 딱 닮았습니다. 안 그런가, 동생?”

내 친구는 조금도 망설임 없이 그렇다고 맞장구를 쳤고, 나는 그럴 만한 사연이 있나 보다 하고는 더 이상 묻지 않았다.

어쨌든 그 수탉을 본 아내는 “와아!” 하고 감탄사부터 내질렀다. 정말 근성 있게 생겼다는 평이었다. 딸은 눈빛에 힘이 모아져 있어서 무섭다고 하였다. 과연 그 수탉은 풀어놓자마자 한바탕 날갯짓을 하고는 힘차게 자신의 목청을 뽑아냈다. 수탉의 메아리가 골짜기를 뒤흔들었다. 하도 목소리가 커서, 그 소리를 싫어할 사람이 생길까 봐 걱정이 될 정도였다. 게다가 그놈은 사람을 두려워하지 않았다. 아내가 좀 친해지자고 하면서 먹이를 들고 다가가자, 한쪽 날개에다 힘을 주고 옆으로 물러나는가 싶더니 기습적으로 달려들었다. 아내가 비명을 질렀다. 그놈은 아내의 다리를 발톱으로 후려치고 부리로 쪼아댔다. 어찌나 빠르던지 아내가 피할 새도 없었다.

"으악, 여보오!"

아내의 비명 소리만이 연달아 들렸다. 간신히 도망쳐 온 아내는 긴 바지를 입어서 다행이라고 하면서 고개를 절레절레 흔들어버렸다. 어찌나 강하게 쪼아대던지 다리가 갈라지는 것 같았다고 표현한 아내는 정말 물건이 들어왔다고 하였다. 수탉이 사나워서 걱정이 되지만 그래도 마음에 든다는 표정이었다. 그 정도였으니 딸은 아예 근처에 갈 엄두도 내지 못했다. 이제 수탉이 마당으로 오기만 하면 아내랑 딸은 밖에 나가지 못했다. 수탉이 달려드는 사정거리는 10여 미터가 넘었다.

녀석은 나까지 공격을 하였다. 마당에서 풀을 뽑고 있는 내 등을 노렸다. 거대한 거인의 발톱이 내 등을 훑고 가는 서늘한 느낌이 들었다. 참을 수가 없었다. 이 집의 가장으로서 내 존재가 무너지는 느낌이었다. 나는 식구들 앞에서 본때를 보여주겠다고 큰 소리로 선전포고를 하였다. 내가 다가가자 녀석은 슬금슬금 물러나면서 반격할 기회를 엿보고 있었다. 내가 살짝 고개를 돌리자 녀석이 멧돼지처럼 돌진하였다. 나는 그걸 기다리고 있다가 발로 걸어찼다. 너무 심하다 싶을 정도로 강하게 차였다. 발등에 녀석의 무게가 느껴졌다. 녀석은 땅바닥에 나뒹굴었다. 내가 너무 심했나, 하고 자책하는 순간이었다. 대여섯 바퀴나 구른 녀석은 믿기지 않을 만큼 빠르게 일어나서 나를 향해 날아올랐다. 이번에는 내 얼굴을 정조준하였다. 나는 그 서슬에 놀라 뒤로 발라당 넘어져버렸고, 그때부터 손에 잡히는 대로 집어던졌다.

"아니, 뭐 저런 놈이 다 있어! 감히 내 얼굴을 공격하다니. 오늘은 니 제삿날이다. 넌 즉었다. 어디 해보자, 어디 해보자, 이놈!"

나는 이성을 잃어버렸다. 내가 손에 잡히는 대로 돌멩이를 집어던졌다. 녀석은 그따위 돌은 두려워하지 않는다는 눈빛으로 맞섰다. 나는 몽둥이를 집어 들었다. 그제야 녀석은 사태의 심각성을 깨닫고는 주춤주춤 물러나면서 타협을 하려고 하였다. 나는 녀석을 쫓기 시작했다. 잡히기만 하면 요절을 내버려야겠다고 고래고래 소리를 질러댔다. 아내랑 딸이 뭐라고 말렸으나 귀에 들리지 않았다. 감히 내 얼굴을 공격하다니, 용서할 수가 없었다. 가령 눈이라도 공격을 당했더라면…… 아, 끔찍했다. 녀석은 인간에게는 날개가 없다는 사실을 잘 알고 있었다.

녀석은 빈 집터 옆으로 흐르는 계곡 너머로 날아가 버렸다.

나는 계곡을 건너갔다. 지옥까지라도 추격하겠다고 소리를 질러댔다. 막상 계곡을 넘어서 추격해 오자 녀석은 당황하면서 산으로 달아났다. 나는 계속 쫓아갔다. 녀석은 다시 우리 집 마당으로 날아왔다. 나는 다시 쫓아왔다. 녀석은 풀밭에 숨었다. 나는 모든 풀밭을 막대기로 찔러대면서 기어이 녀석을 찾았다. 그제야 녀석은 헉헉대면서 집 뒤로 달아났다. 나도 헉헉대며 추격했다. 그때부터 꼬박 두 시간 동안 167바퀴나 우리 집을 돌았다. 아내랑 딸은 그 장면을 보고서 '저러다가 밤새겠네. 둘 다 진짜 끈질기다'

하며 혀를 내둘렀다. 나도 지칠 대로 지쳐버렸다. 그렇다고 포기할 수 없었다. 이건 자존심의 문제였다. 암탉들도 모두 모여서 쳐다보았다. 수탉도 자존심이 걸린 문제였다. 수탉은 거칠게 숨을 몰아쉬었고 비틀거렸다. 날개도 들 수 없을 정도로 지쳐 있었다. 그래도 나한테 잡히지 않았다.

결국은 내가 지고야 말았다. 더 이상 몸을 움직일 수 없었다. 나는 그대로 땅바닥에 누워버렸다. 개미들이 내 얼굴로 달려들어도 쫓아낼 힘이 없었다. 아내랑 딸이 와서 물을 주어도 마실 수가 없었다.

"수탉 승리! 아빠 패!"

딸이 소리쳤다. 수탉은 나하고 적당히 거리를 둔 채 역시 헉헉거리고 있었다.

"그래, 인정, 인정. 졌어, 졌다아!"

온몸이 나른해지고 이상하게도 기분이 좋아졌다. 나보다 강한 수탉. 수탉보다 약한 나. 그래도 기분이 나쁘지 않아서 아내한테 물이나 가져다주라고 했다. 아내는 무서워서 못 가겠다고 하였다. 할 수 없이 내가 일어나서 수탉한테 물을 가져다주었다. 녀석은 한동안 물을 마시지 않았다. 하얀 암탉 한 마리가 옆으로 다가와서 뭐라고 말을 하자 그제야 느릿느릿 가서 물을 입안으로 빨아들였다. 절대 급하게 마시지도 않았다. 한 모금 마시고 나를 보고, 또 한 모금 마시고 나를 보는 식이었다. 다른 암탉들도 그 수탉 주위로 모여들면서 존경의 눈빛을 보냈다. 아무도 그 수탉을 거부하지 않았다. 내가 암탉이라고 해도 이 정도 수탉이라면 반했으리라. 그 수탉은 외모도 근사했다. 붉은 털빛은 윤기가 흘렀고, 다리와 날개는 강해 보였다. 그놈은 암탉이 다가오자 날갯죽지를 땅에 닿도록 펼치고는, 당신들을 위해서 내가 최선을 다하겠다는 강한 의지를 내보였다.

4

그놈은 좋은 남편이었다. 나는 그놈이 암탉들을 함부로 대하는 모습을 한 번도 본 적이 없다. 끔찍하게 암탉들을 아껴주었다. 마치 암탉들을 위해서 자신의 삶이 존재하는 것 같았다. 사람이든 개든 매든 누구든 닭 울타리 주위를 얼쩡거리기만 하면 사나워졌으나 암탉들 앞에서는 순한 남편이었다. 가끔씩 암탉들이 그놈의 사랑을 차지하기 위해 서로 싸우기도 하였고, 개중에 한두 마리가 그놈에게 매섭게 대들기도 하였다. 그래도 수탉은 절대 맞받아치지 않았다. 암탉들이 깃털을 세우고 달려들면 꼬리를 내리고 달아나버렸다. 단백질이 풍부한 지렁이나 굼벵이를 발견하여도 혼자 먹는 법이 없었다. 반드시 암탉들을 불러댔고, 자신은 한 걸음 뒤로 물러나서 매나 고양이가 암탉들을 노리고 있는지 경계하였다.

그놈은 인간들 중에서는 유일하게 나를 인정해주었다. 그러니까 다른 모든 사람들을 공격해도 나는 공격하지 않았다. 내가 어떻게 나오나 보려고 물을 주고 오면서 등을 돌려도 달려들지 않았다. 만약 다른 사람들이 그놈 근처에서 등을 보였다가는 여지없이 공격을 당했다. 우리 집에 온 여러 손님들이 그놈에게 공격을 당해서 내가 난처해지기도 하였다.

계곡 건너편에는 대리석으로 지어진 별장 한 채가 있었다. 보통 때에는 비어 있다가 주말이 되면 가족들이 한꺼번에 들이닥쳤다. 서울에서 제법 큰 중소기업을 운영한다는 김 사장이라는 사람은 나이가 들었어도 얼굴이 맑고 기품이 있었고, 부모의 풍요로움을 그대로 대물림받은 삼십 대 초반인 두 아들 역시 억대의 승용차를 몰고 다니면서 편안한 삶을 만끽하고 있었다. 김 사장은 별장에 오기만 하면 어린 손자들 손을 잡고 우리 집 마당을 얼쩡거리면서 닭 구경을 하였는데, 그때마다 나는 수탉이 그들을 공격할까 봐 불안했으나 녀석은 그런 우려를 말끔하게 씻어주었다. 낯선 사람들이 오면 울타리 뒤로 숨어버렸다. 우리 집에 온 손님들은 공격을 하였으나 마을 사람들을 공격하는 일은 없었다.

눈이 내렸다. 닭들은 호랑버들 가지 위에서 잤다. 꽃잎처럼 떨어지는 눈을 온몸으로 맞았다. 서로 살과 살을 맞대고 떨림과 떨림을 주고받으면서 추위에 맞섰다. 저러다가 얼어 죽지나 않을까 걱정도 들었지만 그들은 내 도움을 바라지도 않았다. 텔레비전만 켜면 전국이 조류독감으로 난리가 나 있었기에 더욱 걱정이 되었다. 그중 두 마리가 기침을 해댔다. 사람이 기침하는 모양새랑 똑같았다. 그래도 내가 할 수 있는 게 없었다. 눈을 맞지 않도록 지붕을 만들어주어도 그 밑으로는 들어가지 않았으니, 억지로 잡아서 넣을 수도 없었다. 그냥 그놈들 뜻대로, 그냥 그놈들의 삶을 인정해주는 수밖에 없었다. 그래도 기온이 영하 15도, 20도까지 내려가자 걱정이 되어 잠을 잘 수가 없었다. 나는 밤마다 녀석들이 무사한지를 확인한 뒤에야 잠을 이룰 수가 있었다.

어쨌든 닭들은 살아남았다. 100년 만에 온 추위라고 기상대가 난리를 칠 정도였으나 그들은 전혀 움츠러들지 않았다. 물 대신 흰 눈을 먹어 자신들의 살로 만들었다. 거부가 아니라 자신들의 몸속으로 바람과 눈을 끌어들였고, 그들은 아무 탈 없이 살아남았다. 그리고 새 생명을 탄생시켰다. 마른 풀잎 밑에서 고물고물 어린 풀들이 꼼지락거리자, 암탉들이 또 다른 우주가 담긴 알을 낳은 것이다. 암탉들은 내가 이틀이나 손품을 팔아서 만들어준 둥지를 거부하였고, 저마다 자신들의 개성을 살려 풀밭 곳곳에다 둥지를 틀었다. 어떤 암탉은 아직도 찬바람의 서슬이 날카로운 계곡 보리수나무 밑에다, 어떤 놈은 모래땅에다, 어떤 놈은 억새 숲에다, 어떤 놈은 야생콩 줄기 속에다 둥지를 틀었다.

"달걀 좀 받아먹으려고 했더니 죄다 새끼를 까려고 하네. 안 되겠어. 한 마리만 품게 하고 나머지는 못 품게 해야지."

나는 보리수나무 밑에다 둥지를 튼 흰 닭만 그대로 두었고, 나머지 둥지에 있는 알들은 눈에 띄는 대로 끄집어냈다.

그러던 어느 날, 우리 아래 아래 아랫집에 사는 옥 회장이라는 사람이 어린 손녀딸을 달고 찾아왔다. 이 전원주택 단지에서 대표 역할을 하고 있는 그는 가시로 살을 찔러도 피 한 방울 나오지 않을 만큼 냉정해 보였다. 정확하게 그의 삶을 알 수는 없으나 확실한 것은 S대 법대를 나왔으며, 무슨 대기업 계열사의 사장을 지낸 모양이다. 그는 매사에 철저했으며, 순리나 인정보다는 자신이 배운 대로 항상 법을 앞에 내세웠다. 그래서 마을 사람들은 그를 어려워하면서도 한편으로는 인정해주는 편이었다. 그 역시 마을 사람들에게 '좋은 사람'이라는 평보다는 '원칙적인 사람'이라는 평을 듣고 싶어 하였다.

옥 회장은 나를 보자마자 어린 손녀의 팔을 잡아끌었다. 손녀가 자꾸만 닭들이 놀고 있는 쪽으로 가려고 하였다. 그때부터 나는 긴장하였다. 예감이 좋지 않았다. 옥 회장은 말을 돌리지 않았다. 마당에서 놀고 있는 닭들을 보면서, 왜 저렇게 지저분한 가축을 키우냐고 쏘아붙였다. 가축이라는 말에는 닭이라는 동물을 한껏 비하하는 옥 회장의 불편한 감정이 실려 있었다. 나는 당황하면서도 옥 회장의 손에 매달린 손녀딸에게로 자꾸 눈이 갔다. 아이는 닭들을 보면서 새물새물 웃고 있었다. 옥 회장은 심령과학자가 연상될 정도로 깡마른 얼굴을 문지르면서 더 눈에다 힘을 주었다.

"이 형, 이런 경치 좋은 곳으로 가축 키우려고 온 게 아니잖소? 전원생활하면서 글 쓰려고 온 것 아니오? 얼마나 좋아요. 사방이 산이요 물이요, 공기 좋고 꽃도 많고……. 이런 곳에서 글이나 쓰시지 왜 가축을 키우려고 하는 거요? 지저분하고, 시끄럽고, 땅도 오염되고……."

나는 계속 옥 회장의 말을 들어줄 수가 없었다. 고작 닭 여섯 마리다. 닭들이 남의 집 마당으로 가지도 않는다. 나는 그런 이야기를 하였다.

"무슨 뜻인지 알겠는데요, 닭 여섯 마리 키우는데 그게 무슨…… 게다가 제가 똥까지 눈에 띄는 대로 치우고 있습니다."

"허허, 이 사람이 이거 말뜻을 못 알아듣는구먼. 가축 수가 중요한 게 아니오. 전국이 조류독감이다 구제역이다 하여 난리 아닙니까? 그런데 왜 이런 불결한 것을 키워요? 키우지 마세요!"

옥 회장은 단호했다. 더 이상 내 말을 듣지 않겠다고 돌아서 버렸다. 어린 손녀가 닭을 보려고 할 때마다 연한 덩굴을 닮은 아이의 팔이 끊어지도록 잡아당겼다.

내 말을 들은 아내는 이런 날이 올 줄 알았다고 쓴웃음부터 지었다. 그런 다음 옥 회장한테 전화를 걸었다. 아내는 옥 회장의 말뜻을 잘 알았다고 하면서 최대한 주위에 피해가 가지 않도록 하겠다고 정중하게 말했다.

"예에, 무슨 말씀이신지 잘 알아요. 근데 아직 이쪽은 조류독감이 오지 않았잖아요. 조류독감이 발생했다는 소식이 들리면 바로 치울게요. 그리고 닭을 풀어놓지 않고 가두겠습니다. 다른 사람들이 접근할 수 없도록 집 뒤에다 닭장을 만들어서 가둘게요. 그럼 됐지요? 아니, 왜 집 뒤에다 닭장을 만들어서 키운다고 해도 못하게 하세요? 아 참…… 뭐요? 지하수가 오염된다고요? 지하수는 여기서 100여 미터 위쪽에 있는 걸로 아는데요. 옥 회장님, 이건 좀 너무 억지…… 아, 알았습니다. 저희가 이 문제로 옥 회장님이랑 말싸움하기는 싫고요, 그럼 이렇게 하겠습니다. 지금 암탉 한 마리가 알을 품고 있습니다. 그 닭이 병아리를 까고 키울 동안만, 그러니까 앞으로 두 달 정도만 여유를 주세요. 이것도 살아 있는 생명이잖아요. 뭐요, 그것도 안 된다고요? 그럼 한 달만…… 알에서 깨어날 동안만…… 아, 알겠습니다!"

아내는 절망스런 눈빛으로 전화를 끊어버렸다. 도저히 말이 통하지 않는다고 고개를 흔들어버렸다. 암탉이 알에서 깨어날 동안만, 한 달만 시간을 달라고 하니까, "지금 나하고 흥정하는 거예요! 나도 닭이 생물인지 알아요. 당장 치우세요!" 하고 소리쳤다고 쓴웃음을 뿌렸다. 그 말에 온갖 정나미가 다 떨어졌으며 더 이상 이야기를 하고 싶지 않았다고.

아내는 물 한 컵을 마신 뒤 지난달에 옥회장 부인의 미술전시회에 갔던 이야기를 끄집어냈다. 역시 일류대에서 미술을 전공한

옥회장의 아내는 '연꽃―그 윤회의 씨앗'이라는 주제로 인사동에서 전시회를 가졌다. 우리 식구는 특별히 날을 잡아서 그 전시회를 관람하였고, 유명 미술평론가가 안내 책자에다 써놓은 글을 보고 옥 회장의 아내가 불교적 생태주의자였음을 알았다. 전시된 그림 모두 연꽃에서 온갖 생명체들이 환생하고 있었다. 사람도 나오고 개구리도 나오고 꽃도 나오고 심지어 병아리도 나왔다. 이 세상에서 가장 사람 좋아 보이는 미소를 흘리는 옥 회장 부인의 얼굴이 떠오르자 구역질이 나려고 하였다.

아내는 굴복할 수 없다면서 버티자고 하였다. 우리도 닭을 키울 권리가 있지 않냐고. 하지만 나는 심하게 마음이 흔들리고 있었다. 그날 밤 나는 시골 어머니한테 전화를 걸어서 사정 이야기를 한 다음 닭을 맡아달라고 부탁했다. 어머니는 내가 닭을 얼마나 어렵게 구했으며 또한 얼마나 애지중지하는지도 다 알고 있었는지라 끌끌끌 혀를 차댔다.

"그 인간 죄받는다. 아무리 그렇다고 알 품는…… 생명을 품은 것을 어떻게 치우라고 한다냐! 정말 독하다야. 그런 사람들이 더 독해야. 배우고 돈이 있는 사람들이 더 독해. 그나저나 어쩐다냐? 여기서도 닭을 키울 수가 없시야. 요새 난리다. 구제역이다 뭐다 해서 맘대로 장에도 못 가고, 아파도 병원에도 잘 못 가야. 괜히 내가 나갔다가 와서 우리 동네에 구제역이라도 돌아봐라. 그 원망을 어떻게 들을 것이냐? 닭 키우는 사람도 아무도 없시야. 작년 가을에 조류독감이 돌아서 싹쓸이해버렸다. 다 산 채로 묻어버렸다. 옛날에는 그런 병이 없었는데, 요새는 무서워야. 못 키워. 닭 키우면 이장이 난리를 칠 것이다. 그러니 어쩐다냐? 잘됐다. 다 잡아먹어라. 잡아서 냉등고에 뒀다가 먹으면 되제. 니가 키운 닭은 약닭이다. 그런 닭 없다. 요새는 다 항생제 든 사료 먹여서 키운 닭이제, 그런 닭은 없다.”

나는 어머니한테 알았다고 하면서 전화를 끊었다. 잠이 오질 않았다. 호랑버들 가지에 앉아서 잠이 든 닭들을 보자 더욱 잠을 이룰 수가 없었다. 새벽녘에야 간신히 잠이 들었고, 늦잠에서 깨어나자마자 닭 집을 철거하였다. 워낙 울타리가 커서 하루 종일 품을 팔아야 했고, 서둘러 집 뒤에다 닭장을 조그맣게 지었다. 일단 닭들을 그 작은 닭장으로 몰아넣었다. 그 닭장은 햇볕도 들지 않았고, 닭들이 날아오를 만한 횃대도 없었고, 다정하게 쏟아지는 햇살을 받으면서 모래 목욕을 할 흙 알갱이 하나 없는 그런 곳이었다. 나는 닭들에게 진심으로 미안했다. 어쩔 수 없다는 말만 되풀이했다. 오직 한 마리, 계곡 보리수나무 밑에다 둥지를 튼 하얀 암탉만 그대로 두었다.

다음 날 점심 무렵 다시 옥 회장이 찾아왔다. 역시 어린 손녀를 달고 왔다. 옥 회장은 일부러 우리 집 마당은 물론 닭 집이 있었던 빈 집터까지 둘러보고, 보리수나무 밑에다 둥지를 튼 암탉까지 본 다음 헛기침을 쏘아댔다. 어제보다 눈빛이 한결 사나워져 있었다.

"글 쓰는 작가라고 좋게 생각해주려고 했는데 안 되겠군. 사람이 좋게 말을 하면 알아들어야지 이게 뭡니까? 지금 누구랑 장난치는 거예요? 가축을 치우라고 했잖아요? 안 그래도 이 땅 주인이 어제 나한테 전화를 했더라고요. 언제 슬쩍 다녀간 적이 있는데, 당신네 땅에다 누가 가축을 키우고 있더라면서 당장 철거해달라고 말하더군요. 아마 오늘 중으로 이 땅 주인한테서 연락 올 겁니다. 그리고 이 형이 뭔가 착각하는 것 같은데…… 더러 가축을 애완동물로 키우기도 하지만, 지금 이 형이 키우는 걸 보면 애완동물이라고 볼 수는 없어요. 애완동물이라면 집에서 키워야지 왜 밖에다, 그것도 남의 땅에다 엄청나게 크게 가축우리를 지어놓고 키우세요? 이건 법적으로도 양계업에 해당합니다. 또 한 가지 말해주겠는데요, 여기는 산속 전원주택이지만 아파트처럼 공동주택이나 마찬가지입니다. 전원주택 단지이기 때문에 공동주택으로 볼 수 있다 이 말입니다. 그러니까 여기에서는 누구 하나만 반대해도 동물들은 키울 수 없어요. 더 이상은 말로 하지 않을 테니까 그리 아세요!"

그러니까 옥 회장 당신이 주특기인 법적인 대응을 하겠다는 뜻이었다. 나는 한마디도 대꾸하지 않았지만 지글지글 자글자글 머리가 끓기 시작했다. 옥 회장이 사라지고 한 시간 정도 지났을까, 우리 집 오른쪽 빈 공터의 주인이라는 여자한테서 전화가 왔다. 그 사람도 당신네 땅에다 가축을 키우는 것은 반대한다는 입장을 분명하게 밝혔다.

"개간해서 텃밭으로 쓰면 대환영입니다만, 무슨 인디언들 집처럼 커다랗게 울타리를 치고 가축을 키우는 건 안 됩니다."

나는 하도 어처구니가 없어서 닭 여섯 마리를 키우고 있다고 하였고, 그것도 지금은 집 뒤로 다 치웠다고 또박또박 말했다. 이미 옥 회장하고 치밀하게 교감을 한 뒤였는지라 땅 주인이라고 하는 여자는 내 말을 조금도 들으려고 하지 않았다. 그다음 날에도 옥 회장이 와서 진짜 내용증명을 보내겠다고 으름장을 놓고 갔으며, 그다음 다음 날에는 계곡 건너편 별장 주인인 김 사장이 전화를 해 왔다.

"나 건너편 대리석 집 사람이올시다. 이렇게 밤늦게 미안합니다만, 나 정말 이거 전화 쉽게 하는 거 아닙니다. 고심에 고심을 하다가 전화하는 겁니다. 이 형, 미안합니다만, 닭 좀 치워주시오. 요새 하도 조류독감이다 하여 난리라서 그럽니다. 무서워서 우리 손자들을 데리고 갈 수가 없어요. 주말이면 다들 거기 가는 게 낙인데 말입니다. 물론 이 형네 집이랑 떨어져 있기는 하지만 그래도 아이들이 그쪽으로 가서 배설물이라도 밟으면……. 하도 세상이 험해서 그럽니다. 이해해주세요."

그런 전화까지 받자 더 이상 버틸 힘이 없었다. 아내는 다들 옥 회장이랑 짠 것이라고 하면서 버티자고 하였으나 나는 고개를 흔들어버렸다. 설령 그렇다고 할지라도 더 이상 그들하고 실랑이하기 싫었다.

김 사장은 예의를 갖추어서 정중하게 말했지만 그것은 형식에 불과했다. 엄밀하게 따져 들면 김 사장이 나한테 닭을 치우라고 할 입장은 아니었다. 그는 여기에서 거주하지 않았다. 보름이나 한 달 간격으로 잠깐 들렀다가 가는 사람이었다. 게다가 우리 집 하고는 상당히 떨어져 있다. 조류독감이 무섭다면 당신 손자들이 우리 집 근처에 가지 못하게 하면 된다. 그런데 우리한테 닭을 치우라고 했다. 역시 옥 회장이랑 치밀하게 작전 회의를 한 끝에 나온 협박이라는 사실을 우리는 잘 알고 있었다. 그래도 나는 버틸 자신이 없었다.

나는 닭을 어디로 보낼까 궁리를 하다가 홍천으로 귀농한 친구를 떠올렸다. 서울에서 살다가 5년 전에 귀농한 그 친구는 이제 제법 농군으로 땅에다 뿌리를 내렸다. 그의 가족들도 농촌 생활에 잘 적응하였다. 나는 곧장 그 친구한테 전화를 걸었다. 몇 마디 인사말이 오가고 곧장 본론을 끄집어냈다. 나는 그 친구한테 간곡하게 우리 닭들을 받아달라고 부탁을 하였다. 토종닭이며 특히 수탉이 괜찮은 놈이라는 말도 덧붙였다. 그 친구는 무슨 말인지 알았다고 하면서 미적미적 말을 끌더니, 요새 농촌에서 닭을 키우는 게 쉽지 않은 일이라고 하였다.

"자네가 시골에서 살 때하고는 완전히 달라. 이제 시골에도 훈훈한 인정 같은 거 없네. 나도 작년에 닭 몇 마리 놓아기른 적이 있었네. 달걀도 받아먹고 손님들 오면 잡아먹고 그랬어. 그런데 조류독감이 퍼지자 마을에서도 난리고 면에서도 난리고 군에서도 난리야. 어서 치우라고 난리야. 이제는 시골에서 닭도 맘대로 못 키우는 세상이야. 아이고, 말도 말게. 밤이고 낮이고 사방에서 전화해대서 닭을 치우라고 하는데…… 이 사람아, 그런데 내가 어떻게 그 닭을 맡겠는가? 농촌이 더 무서워졌네. 차라리 도시에서는 닭 한두 마리씩 키워도 될 거야. 근데 농촌에서는 어려워. 저 전라도 어디에서 조류독감이 발생했다는 뉴스만 나도 마을 사람들이 경계를 한다니까. 닭을 키우면 그래. 미안하네."

그 친구는 오히려 나한테 하소연을 하고 있었다. 나는 그런 친구한테 더 이상 닭 이야기를 할 수가 없었다. 어머니의 말씀처럼 잡아먹을까 하는 생각도 했다. 10여 년 전 서울에 있는 다세대주택에서 닭을 키운 적이 있었다. 어느 날 아이가 시장에서 병아리 두 마리를 사 왔다. 나는 베란다에다 모래를 깔고 그 병아리를 키웠다. 물론 둘 다 수탉이었다. 그놈들은 죽을 고비를 아슬아슬하게 넘기고는 무럭무럭 자라나서 목소리가 우렁찬 수탉이 되었다. 처음에는 주변 사람들이 오랜만에 닭 울음소리를 듣는다면서 좋아했으나, 시도 때도 없이 울어대는 닭 울음소리에 금방 싫증을 내면서 닭을 처분하라고 압박하였다. 경비실 아저씨는 물론 가장 가깝게 지내던 이웃집에서도 그런 눈총을 쏘아대자 어쩔 수 없이 처분을 하기로 하였다. 결국 비가 부슬부슬 내리는 날 닭을 잡아서 동네잔치를 하고야 말았다. 마음은 아팠어도 술을 권하면서 위로해주는 이웃들이 있었기에 닭들을 편안하게 보낼 수가 있었다. 하지만 지금은 그때처럼 이런 처지를 위로해주는 다정한 이웃들도 없었다.

나는 못 마시는 술을 마시고 거실에서 잠이 들었다. 그러다가 요란하게 울부짖는 닭 소리에 눈을 떴다. 자정 무렵이었다. 아내랑 딸도 놀라서 거실로 뛰쳐나왔다. 내가 나갔을 때는 이미 모든 상황이 파국으로 끝나버린 상태였다.

옥 회장네 건너편에 있는 최 사장네 사냥개 두 마리가 보리수나무 아래서 알을 품고 있던 암탉을 습격하였다. 최 사장도 여기에서 기거를 하지 않는다. 서울에 있는 무슨 시장에서 일을 한다는 최 사장은 새벽에 일을 마치고는 점심나절이 되면 이곳으로 내려와서 텃밭 농사를 짓는다. 저녁 무렵이면 최 사장은 어김없이 서울로 올라갔고 사냥개 두 마리가 빈집을 지켰다. 그 사냥개의 끈이 풀어진 모양이었다.

암탉이 품고 있던 달걀은 폭탄을 맞은 것처럼 다 부서져버렸고, 암탉도 피투성이가 되어 계곡으로 떨어져 있었다.

나는 그대로 주저앉아버렸다.

아내는 옥 회장이 최 사장네 사냥개들을 일부러 풀어놓은 게 아니냐고 하면서 분노했으나 나는 아무런 말도 할 수가 없었다. 어머니가 돌아가셔도 이렇게 절망하지는 않으리라. 아직도 피 냄새를 맡고 우리 집 마당 주위를 뱅글뱅글 돌고 있는 최 사장네 사냥개들을 보아도 소리칠 힘이 없었다. 그렇게 몇 시간이나 주저앉아 있다가 뒷산에서 울어대는 호랑지빠귀들의 소리를 듣고는 천천히 몸을 일으킨 다음 겨곡으로 떨어져 있는 암탉한테 가서 지켜주지 못해서 미안하다고 했으며, 보리수나무 아래를 파고 깨진 달걀이랑 죽은 암탉을 묻어주었다.

아내는 최 사장한테 보상을 받아내겠다고 소리쳤다. 나는 고개를 흔들었다. 이미 닭이 죽어버렸는데 그까짓 돈 몇 푼이 무슨 소용이냐고 하자, 아내는 돈이 문제가 아니라 사과를 받아내는 데 의미가 있다고 하였다. 나는 알아서 하라고 말을 하고는 다시 잠자리에 누워버렸다. 이제 나머지 닭들을 어떻게 해야 하는지, 이 끔찍한 비극이 또 일어날 것만 같아서 몸이 부르르 떨렸다. 정녕 내가 잡아먹을 수밖에 없단 말인가. 그렇게 절망하다가 다시 일어나서 밖으로 나갔다.

골짜기는 짙은 안개 속에 잠겨 있었다. 나는 그 골짜기를 어둠이 걷힐 때까지 걸었다. 그러다가 골짜기 위쪽이 환하게 열리기 시작할 즈음 구세주처럼 홍일선 시인을 떠올렸다. 20년 전에 만난 홍일선 시인은 내 형님 같은 분이었다. 나는 삶이 힘들 때마다 그에게 전화를 걸었고, 그때마다 시인은 상대방을 편안하게 해주는 특유의 따뜻한 목소리로 내 이름을 불러주었다. 그는 내 이름을 가장 다정하게 불러주는 사람이었다.

“어이, 상권이, 살다 보면 다 그런 때가 있는 법이네. 이리 오게. 나랑 생두부에다 막걸리 한잔하세. 어서 와.”

내가 달려가면 그 시인은 생두부나 순대 혹은 물오징어를 술안주로 내놓고 막걸리를 따라서 건네주었다. 나는 그 막걸리를 마시면서 그에게 눈물까지 보인 적도 있다. 그만큼 나는 그를 따랐다. 내 성품이 본시 워낙 내색을 잘 못하고 낯가림까지 심해서 자주 찾아뵙지는 못하는 처지였으나 마음속으로는 친형 이상으로 따르고 의지하는 사람이었다. 농부의 아들인 그 시인도 늘 흙냄새 풍기는 시를 쓰려고 하였다. 농부의 자식인 내가 늘 흙냄새 풍기는 소설을 쓰려고 하듯이. 우리에게는 그런 공감대까지 있었다. 그 시인은 몇 년 전에 경기도 여주 남한강 변으로 이사를 하였다.

“어이, 상권이, 자네도 여기 와서 같이 살았으면 좋겠네. 나는 여기서 농사를 지으며 흙과 살다가 목숨 줄을 놓을 생각이네. 그때 왜 땅을 잡지 않았나?”

시인은 무시로 그런 말을 하였다. 그만큼 새로 이사한 곳이 마음에 든다고 하였고, 내가 그곳으로 들어가지 않은 것을 아쉬워하였다. 시인은 그곳에다 땅을 살 때 나한테도 연락을 하였고, 평당 10만 원짜리 땅은 더 이상 없다고 하면서 같이 그곳에서 살자고 하였다. 나도 그럴 마음이 있었으나 그곳으로 이사할 수 없는 사정이 있어서 미적미적 미루다 보니 땅값이 수십만으로 치솟아버렸다. 이제는 엄두도 낼 수 없는 상황이 되어버렸다.

나는 골짜기가 환해지자 마지막이라는 심정으로 그 시인에게 전화를 걸었다.

"형님, 저 상권입니다. 꼭두새벽에 죄송합니다. 꼭 형님한테 부탁하고 싶은 게 있어서…… 주무시는데…… 형님, 우리 집에 닭을 키운다는 이야기 하였지요?"

나는 술 한 방울 먹지 않았으면서도 꼭 술 취한 것처럼 주절주절 말을 하였다. 이내 우리 집 상황을 판단한 홍일선 시인은 그 특유의 목소리로 나를 위로해주었다. 그러면서도 언뜻 닭을 가져오라는 말은 하지 않았다. 얼굴을 보지 않아도 곤혹스러워하고 있음을 알 수 있었다. 순간 나는 너무 무리한 부탁을 하고 있구나, 하고 자책하였다. 여주도 구제역 때문에 난리가 나 있으며 역시 조류독감도 안심할 수 없는 상태인지라 마을에서 닭이나 오리를 키우는 사람들도 다 처분을 한 상태라고 하였다. 나는 닭 다섯 마리뿐이라고 하였다. 그러니 닭 농사라고 할 수도 없으며 그냥 아무렇게나 놓아기르면 된다고 하였다.

"알았네. 정 보낼 데가 없으면 우리 집으로 보내게. 안 그래도 닭을 한번 키워볼 마음도 없지는 않았네만, 워낙 조류독감이 난리여서 엄두를 내지 못하고 있었네. 내가 한번 최선을 다해서 키워보겠네."

나는 그 시인한테 고맙다는 말을 얼마나 되풀이했는지 모른다.

5

다음 날 닭 다섯 마리를 종이 상자에 넣어 시인의 집으로 갔다.

시인의 집은 순하게 생긴 산자락에 안긴 채 품이 넉넉한 남한강을 바라다보고 있었다. 우리 조상들이 가장 선호하는 집 형태였다. 집 뒤에는 산과 다랑이 논이 있었고, 앞쪽으로는 강이 흐르고 있었다. 집 언저리에는 사방이 풀밭이었다. 게다가 마을하고도 멀리 떨어져 있어서 닭을 키운다고 간섭할 사람도 없었다.

"형님, 여기야말로 닭들의 천국이네요."

나는 시인이랑 닭장을 지으면서도 마음이 편안했다. 닭 때문에 아파했던 기억들도 여기에다 다 떨구고 가야겠다고 마음먹었다.

"그래, 닭들이 여기서 잘 살았으면 좋겠네만……."

시인은 개구쟁이 햇살이 낄낄대면서 놀고 있는 강을 보았다. 그다지 밝은 표정은 아니었다. 머지않아 시작될 4대강 사업으로 파헤쳐질 강 때문에 속앓이 하고 있음을 알 수 있었다.

"처음 이곳에 왔을 때는 너무 좋아서 잠이 안 왔네. 여울 소리를 듣기만 해도 가슴이 설레는 바람에 오히려 시 한 편도 못 썼네. 논밭일도 신명 나고, 아침저녁으로 저 강변에 나가면 경배하듯이 감사의 기도가 절로 나왔지. 나 혼자 행복해서, 나 혼자만 너무 행복해서 다른 사람들에게 디안할 정도였다네. 상권이 자네 생각도 많이 했지. 그런데 저 강이 한반도 대운하로 망가져간다니……."

나는 그런 시인에게 막걸리 한 잔을 따라주었을 뿐 한마디 위로도 할 수 없었고, 내가 이곳으로 들어오지 않은 게 정말 다행이라는 생각만 이기적으로 떠올렸을 뿐이다.

"그나저나 닭들이 다 색이 다르네. 일부러 그런 닭을 골랐나? 흰색, 까만색, 노란색, 갈색, 붉은색……. 수탉 눈빛이 보통이 아니구먼."

"아닙니다. 그냥 우연히 그렇게 됐어요."

나는 시인의 무거운 눈빛을 받아낼 수가 없어서 자꾸만 허공으로 눈빛을 날렸다.

조류독감의 기세는 꺾일 기미가 보이지 않았다. 나는 조류독감이 사방에서 으르렁거린다는 뉴스가 퍼져 나올 때마다 시인에게 전화를 걸었다.

"어이, 상권이, 안 그래도 전화하려고 했네. 걱정 말게. 아아, 닭들이 진짜 건강하네. 토종닭이라고 했지? 이놈들이 어찌나 쏘다니는지…… 진짜 보기 좋네. 논으로 밭으로 산으로. 이제 닭장에서도 안 자. 나무 위에서 자. 내버려 두네. 근데 알을 하도 사방에 다 낳아서 다 찾을 수가 없어. 날기도 잘하고……. 다만 수탉이 너무 크게 울어대서 저 산 너머 사는 사람들이 가끔씩 찾아오네. 찾아와서 왜 닭을 키우냐고…… 마을 사람들도 그러고……. 요즘 세상이 그래. 이제 닭도 맘대로 못 키운다니까. 어쨌든 한 마리도 안 죽고 잘 커. 어제는 매가 암탉을 공격하자 글쎄 수탉이 달려와서 한바탕 붙었어. 나, 그런 장면 첨 보네. 하여간 그 수탉 말일세, 보통이 아니야. 우리 식구들이 근처에도 못 가지, 하도 사나워서. 그놈이 고양이하고도 맞붙어 싸우고……."

그런 수탉의 무용담을 들으면 기분이 짜릿해지기도 하였으나, 언제부터 이 나라에서는 닭조차 맘대로 키울 수가 없게 되었는지 그런 현실을 떠올리면 한없이 쓸쓸해졌다. 게다가 4대강 사업이 본격적으로 시작되어 시인의 집 앞으로 흐르던 강물도 앓기 시작했다. 시인의 아들은 그런 소식을 문자 메시지로 타전해왔다.

—오늘도 괴물들이 강을 파헤치고 있습니다. 그 소리만 들어도 무섭습니다.

—환경단체 회원들 수십 명이 왔습니다. 아무리 소리쳐도 저들은 듣지 않습니다.

—강변 모래사장이 사라졌습니다. 아버지랑 같이 산책하던 곳

인데, 이젠 그럴 수도 없습니다.

—강변 갈대밭도 사라졌습니다. 고라니랑 너구리랑 살던 곳인데…….

군에서 제대를 한 뒤 부모님이랑 같이 살고 있는 시인의 아들은 나를 잘 따르는 편이었다. 나는 그를 통해서 시인의 집안 소식을 다 알고 있었다.

그러던 어느 날, 시인한테서 전화가 왔다.

"어이, 상권이, 다들 무고하지? 좋은 소식 전하려고 전화했네. 며칠 전에 암탉 한 마리가 병아리 열다섯 마리를 까서 마당으로 나왔네. 어디서 깠는지 모르겠어."

"형님, 저는 닭들은 한 번도 걱정 안 했습니다. 그놈들은 워낙 강해서 매나 오소리가 덤벼도 크게 걱정은 안 해요. 다만 사람들이…… 하도 조류독감이다 해서 야단이라…….'

"나도 그렇다네. 게다가 날마다 집 앞으로 덤프트럭들이 지나다니지……. 나 정말 다시 서울로 이사 갈 생각도 했네만…… 상권이, 이제 자네한테 고맙다고 해야겠네. 닭님들한테도 고맙다고 해야겠지."

아니, 닭님이라니? 나는 시인의 입에서 흘러나온 닭님이라는 말이 무슨 뜻인지 몰라 침만 꿀꺽 삼키고 다음 말을 기다렸다. 아무리 닭이라는 생명체를 이해하고 존중한다고 해도 '닭님'이라는 존칭은 너무 심하다는 생각도 들었다. 시인은 아들이랑 이야기를 하는지 잠깐 뜸을 들이다가 다시 목소리를 보내왔다.

"미안하네, 잠깐 아들한테 전해줄 말이 있어서. 어쨌든 내가 이곳으로 와서 맨 먼저 무릎을 꿇고 땅에게, 강에게 절을 했네. 그리고 한동안 원 없이 행복했네. 강변에 나가 묵상을 하는 일만으로도 충분히 황홀했네. 강여울 소리를 듣는 그 자체가 시였네. 강물에 발을 담그면 발가락을 툭 건드리는 물고기들의 몸짓 또한 얼마나 좋았는지……."

여기까지는 시인한테서 자주 들었던 말이었다.

"그런데 오래가지 않았네. 4대강 사업이 시작되면서 포클레인이며 덤프트럭들이 밤낮없이 드나들며 무시무시한 굉음을 지르기 시작했다네."

그러자 그 좋던 집이 자꾸 싫어졌다고 했다. 시인은 밖에 나갔다가 집에 오려면 덜컥 겁부터 났다. 막걸리로 고단함을 달래면서 들일을 하다가도 포클레인들이 나이 든 강의 속살을 파내고 있는 걸 바라보면 자꾸 어지럽고 그냥 눈물이 쏟아졌다. 겨우 몇 년 살았는데도 이러니, 한평생을 저 강물에다 고해성사하면서 살아온 사람들이야 오죽하겠는가. 시인은 그런 생각도 하면서 잘못 이사 온 게 아닌지 후회도 하였다. 강만 바라보면 머리가 지글지글 아프고, 일도 안 되고, 꿈에서도 덤프트럭들이 나왔다. 다른 곳으로 이사를 하려고 땅을 보러 다니기도 하였다. 도저히 이곳에서는 버틸 자신이 없었다.

닭들도 중장비 소리에 예민하게 반응하였다. 먹이도 잘 먹지 않았고, 걸핏하면 놀라면서 달아나는 모습을 볼 수 있었다. 알도 낳지 않았다. 그래도 시인은 닭들에게 신경 쓸 겨를이 없었다. 닭들은 날마다 줄어들었다가 어느 날은 아예 보이지 않았다. 집 주위를 찾아보아도 눈에 띄지 않았다. 모두 다 야생동물에게 잡아먹히거나 중장비 소리에 스트레스를 받아 죽은 줄 알았다.

그런데 오늘 아침에 뒷산 숲 속에서 어미 닭 한 마리가 병아리 열다섯 마리를 데리고 마당으로 들어섰다고 하였다. 그걸 본 순간 시인은 눈물이 핑 돌았다. 감격과 경이로움에 뭐라 할 말을 잃어버렸다. 시인은 너무나도 쉽게 절망해버렸던 자신이 부끄러웠다. 포클레인 소리에, 강이 무너지는 모습에 괴로워했던 건 나만이 아니었구나, 닭들도 힘들었구나, 세상이 아프니 닭들도 아파했구나. 시인은 뒤늦은 깨달음으로 눈시울을 붉혔다. 시인이 그렇게 절망하고 있을 때, 닭들은 생명의 도리를 다해 숲 너머 조용한 곳으로 대피해서 둥지를 틀고 새끼들을 낳아 집으로 돌아온 셈이다. 시인은 울음이 가득 찬 눈으로 닭이라는 생명을 보았다. 그때부터 시인은 닭을 '닭님'이라 부르기로 맹세했다.

"어이, 상권이, 자네도 잘 알겠지만 닭님들은 말일세, 어떤 상황에서도 절망하는 법이 없다네. 그게 자연의 본능 아닌가? 풀을 베면 또 나고 베면 또 나고 하듯이……. 생각해보게. 우리 닭은 사흘에 한 번 정도 알을 낳네. 그러니 열다섯 개의 알을 낳으려면 40일 가량이 걸렸을 것이고, 또 알을 품으려면 20일 넘게 걸리네. 그것도 한꺼번에 깨어나지 않는다는 걸 자네도 잘 알 걸세.”

“예, 알지요. 첫 번째 병아리가 깨어나고 나서 4~5일은 걸려야 나머지 병아리들도 다 깨어나지요. 그동안 먼저 깨어난 놈들은 스스로 물이나 먹이를 찾아 먹어야 하고요. 안 그러면 죽지요.”

“그러게 말일세. 어미는 알을 품어야 하니까 둥지를 떠날 수 없을 것이고, 산속에 물도 없을 텐데 어떻게 살았는지 몰라. 또 산속에는 족제비랑 너구리랑 오소리, 들고양이들이 바글거리는데, 그런 위험 속에서 열다섯 마리를 키워냈다는 것은 정말 대단해. 안 그런가? 사람이 지켜주는 집에서 둥지를 틀어도 열다섯 마리를 까기는 힘들어. 우리 닭은 작아서 달걀 열다섯 개 정도가 가장 많이 품을 수 있는 한계야……”

“예에, 암탉이 제 한 몸 지켜내기도 힘든 산속에서 그 오랜 기간 동안 알을 품고 병아리까지 깠다니…… 제가 생각하기에 열다섯 마리면 한 마리도 안 죽였다고 볼 수 있는데요, 정말 대단하네요.”

나는 닭들이 시인에게 신비로운 힘을 주었다는 이야기를 들으면서 그 풍경을 상상하려고 하였고, 당장 달려가서 나도 힘을 충전하고 싶었다. 시인은 그런 닭들을 보면서 요즘은 시가 잘 써진다고 하였다.

그다음 날 시인한테 다시 전화가 왔다. 오늘도 암탉 두 마리가 산에서 병아리를 데리고 집으로 왔다고 하였다. 열네 마리, 열세 마리를 달고 왔다고 하였다. 나머지 닭도 병아리를 달고 올 것이라고 껄껄껄 웃었다. 그리고 그로부터 일주일 뒤에 나머지 암탉이 병아리 열네 마리를 더리고 산에서 내려왔다고 하였고, 갑자기 집 안이 활기에 넘친다고 하였다. 괴물 같은 포클레인 소리도 삐악거리는 작은 병아리 소리를 묻어버리지는 못한다고 하였다.

우리 식구는 추석을 며칠 앞두고 갑자기 시인네 집을 방문하였다. 예정에 없었던 일이었는지라 시인한테도 연락을 하지 않았다. 그 집은 비어 있었다. 전화를 했더니 시인네 식구들은 멀리 나가 있었다. 닭들은 칠팔십 마리로 불어나 있었다. 마당과 밭 산자락 곳곳에서 닭 소리가 굴러다니고 있었다. 땅거미가 닭들을 산에서 쫓아냈다. 닭들은 패거리를 지어 마당으로 내려오더니 개가 묶여 있는 목련 나무 근처로 모여들었다. 개가 닭을 보고 요란하게 짖어댔다. 닭들은 전혀 신경 쓰지 않았고, 누군가 날개를 펼쳐서 날아오르자 다른 녀석들도 날갯짓을 하였다. 목련 나뭇가지에서 서로 좋은 자리를 차지하기 위한 소란이 일어났으나 잠시뿐이었다. 작은 병아리들도 날아올랐다. 거의 모든 닭들이 날아오르자 그제야 수탉들이 날아올랐다. 어둠이 내리자 목련 나무는 닭들이 주렁주렁 열려 있는 닭 나무로 변해버렸다. 이 세상에 딱 하나뿐인 숭고한 나무였다.

"정말 위대한 풍경이네요. 이런 풍경이 펼쳐지리라고는 상상도 못했어요. 다섯 마리의 닭이 이렇게 반란을 일으키다니. 저기 4대강을 살린다는 허울 좋은 구호 아래서 조상 대대로 내려온 강을 죽이고 있는 사람들에게 보란 듯이 반란을 일으키고 있는 것 같네요. 나라도 닭님이라고 부르겠는데요. 근데 왜 닭들이 여기서 자요? 다른 나무도 있는데, 그쪽으로는 안 가네. 다들 개가 묶여 있는 목련 나무에서만 자네요."

"그야 그 때문이지. 개가 지켜주잖아. 개가 없으면 고양이나 삵이 저 닭들을 가만두겠어? 개 때문에 밤에 근처까지 와도 닭들을 어쩌지 못하는 거지. 그러니 닭이 얼마나 영리해. 개보다 더 영리하잖아? 저걸 보면 닭대가리라는 말을 함부로 못할 거야."

"진짜 그렇네요. 날개가 달린 동물이라면 모를까, 밤에 저 닭들을 잡아먹을 수는 없겠네요. 진짜 머리 좋다."

아내는 감탄을 하면서 닭 나무를 카메라에다 담았다.

우리는 강변으로 가서 얼굴을 씻으려다가 주춤거렸다. 강이 얕아서 숭굴숭굴한 냇자갈의 얼굴이 또렷하게 보이던 옛 풍경은 사라져버렸다. 이제 더 이상 냇자갈들의 재잘거림을 들을 수 없었고, 강가에 우거진 갈대밭에서 살아가는 고라니들의 노랫소리도 들을 수 없었다. 거대한 둑이 강과 땅을 가르고 있었다. 이제 땅에서 사는 것들은 더 이상 강으로 갈 수 없었고, 강에서 사는 것들은 더 이상 땅으로 나올 수 없었다.

우리는 강둑을 넘어가다가 공사장 인부들에게 저지를 당해야 했다. 아무리 말해도 소용없었다. 결국 우리는 그 강물에다 얼굴 한 번 씻지도 못하고 발길을 돌려야 했다. 어쩌다가 한 번씩 이곳을 스쳐 가는 뜨내기인데도 가슴이 답답하거늘 이곳에서 살아가는 생명들의 심정은 어떠할지 상상조차 할 수가 없었다.

그다음 날부터 중부 지방에 게릴라성 폭우가 내렸다. 신을 믿지 않는 사람이라고 해도 두려움을 느낄 정도였다. 시인네 집이 걱정이 되어 전화를 하였다.

"어이, 상권이, 우리도 지금 잠을 못 자고 있네. 하늘에 구멍이 뚫린 것 같네. 우리 집 위쪽 골짜기가 심상치 않네. 논도 넘치고……."

시인은 길게 통화할 여유가 없다고 하면서 끊었다. 그때부터 시인의 아들이 일정한 간격으로 문자를 타전해 왔다.

─4대강 사업으로 저렇게 강을 다 파헤치니까 하늘이 노한 모양입니다. 우리 식구 지금 비상 대기 중입니다. 물이 마당까지 들이치고 있습니다.

─아빠랑 엄마랑 마대에다 흙을 담아 물을 막고 있습니다. 제발 비 좀 멈추게 해주세요. 개집도 다 떠내려갔어요. 개들도 다 풀어놓고, 닭들은 한 마리도 안 보입니다. 개집 옆의 목련 나무도 쓰러졌습니다.

─마당 왼쪽이 파이고 무너져버렸습니다. 공포의 밤입니다.

─논둑이 다 무너져버렸습니다. 그 물이 우리 집으로 밀려들고 있습니다.

─이장님이 대피하라고 했습니다. 아빠는 대피하지 않겠다고 합니다.

─마당이 물바다입니다. 다행히 집이 높아서 아직은 괜찮습니다.

─개는 우리 집 안에 있습니다. 닭님들은 어디로 갔는지 알 수 없습니다. 손전등으로 비춰 보아도 보이지 않습니다. 다 쓸려 갔거나 흙더미에 깔려 죽은 것 같습니다.

─닭님들이 불쌍합니다. 어떻게 구할 수도 없고.

문자 메시지는 연달아 급박하게 날아왔다. 나도 잠을 자지 못하고 있었다. 우리 집도 산 밑이라서 불안했다. 계곡이 그리 크지는 않았으나 이미 물길은 집 한 채 정도는 단숨에 쓸어버릴 정도로 무시무시한 세력이 되어 있었다. 새벽녘이 되어서야 비는 가늘어졌다. 나는 그대로 곯아떨어졌다. 아침에 눈을 뜨자마자 아내가 시인의 집에 전화를 해보라고 하였다.

시인의 목소리는 의외로 차분했다.

"어이, 상권이, 자네 집은 어떤가? 거기도 산 밑이라고 들었는데……. 괜찮다니 다행이네. 여긴 쑥밭이야. 진짜 대단한 비였네. 여기 마을 어른들이 평생 그런 비는 처음이었다고 하니까. 우리 집 주위는 초토화가 되어버렸네. 마당도 다 무너져버렸고. 집이 무사한 게 천만다행이네. 나는 집도 쓸려 가는 줄 알았거든. 그래도 하느님이 집은 지켜주셨네. 어이, 상권이, 근데 말일세, 또 놀라운 소식이 있네. 닭님들은 한 마리도 안 죽었네. 그 엄청난 난리 통에도 어디로 대피했는지…… 새벽이 되니까 숲 속에서 한 마리 두 마리씩 나오더구먼. 닭님들이 다 숲으로 피신을 했어. 우리 집이 난리가 나니까 다 숲으로 피신을 한 걸세. 이야, 나는 정말 기대도 안 했거든. 자네가 와서 우리 집 상황을 보면 닭님들이 얼마나 위대한지 알 걸세. 우리 집은 물을 피할 곳이 한 군데도 없었어. 집 안으로 들어왔으면 모를까. 개들은 그렇게 했지. 근데 닭님들은 그렇게 할 여유가 없었어. 나가보니까 이미 닭님들이 어디론가 다 사라졌더라고. 진짜 해일처럼 물과 흙이 우리 집 주위를 휩쓸고 갔거든. 그러니 닭님들도 다 쓸려 갔다고 생각했지. 근데 한 마리도…… 내가 대충 보니 거의 맞아. 대단해, 대단해. 난 다시 한 번 닭님들에게 대단하다고, 고맙다고 말했네. 지금 우리 식구는 아무것도 안 먹고 닭님들만 보고 있어. 지금 마당은 걸어 다닐 수도 없거든. 그래도 좋아. 저 닭님들을 보고만 있어도 좋아…….”

아, 감격스러웠다. 제법 나이 든 나무 같은 시인의 입에서 절로 쏟아져 나오는 ‘닭님’이라는 말이 내 몸으로 들어오는 순간순간마다 가슴이 뜨거워졌다.

추석이 지나고 나자 잠시 주춤하던 조류독감의 기세가 다시 사나워지기 시작했다. 시인이 사는 곳 근처까지 조류독감의 주력부대가 접근을 하였다.

—조류독감 때문에 마을회관에도 나가지 않고 있습니다. 시장도 볼 수 없고 교회도 나갈 수 없습니다. 완전 고립입니다.

시인의 아들이 문자 메시지로 사태의 심각성을 알려오고 있었다. 시인도 긴장하고 있었다.

"얼마 전에는 물이 고통을 주더니, 이번에는 조류독감이네. 지금 우리 마을 근처에서 키우던 닭 오리들이 다 생매장되고 있네. 우리 집에도 군청이다 면사무소에서 날마다 전화해대서 닭님들을 처분하라고 난리네. 얼마나 버틸지 모르겠어. 다행히도 조류독감이 생긴 곳에서 조금 떨어져 있기는 하지만…… 결국 다 죽을 것이라고 하네. 조류독감이 주로 야생 새들을 통해 옮는다네. 이렇게 강가에서 가장 쉽게 옮는데. 물오리들이 조류독감에 걸려서 닭한테 옮긴다고 하더군. 오늘 군청에서 온 사람이 그러면서 머지않아 우리 닭님들도 다 조류독감이 걸릴 게 분명하다면서 현명하게 판단하래. 뭐 하여튼 나는 절대 살처분하지 않는다고 했네."

나는 우리 닭은 한겨울에도 나무 위에서 잠을 자기 때문에 괜찮을 것이라고 하였지만, 전화를 끊고 나자 이번에야말로 끝장이라는 생각이 들었다. 결국 이렇게 그 닭들이 사라지는구나 하고 한숨을 내뱉었다. 나야 괜찮지만 시인의 식구들에게 엄청난 충격일 것이다. 그게 걱정이 되었다.

날마다 시인의 아들이 군자를 보내주었다.

—오늘도 방역반원들이 와서 약을 뿌렸습니다. 무슨 약인지 모르겠습니다.

—오늘은 엄마가 시장에 다녀왔습니다. 가는 도중에 차를 세 번이나 소독했다고 합니다.

—아빠가 면에서 나온 공무원들에게 화를 냈습니다. 닭님들을 살처분하지 않겠다고요.

—닭님들은 모두 무사합니다. 우리 닭님들 파이팅!

조류독감은 인간들이 키우는 닭들에게 재앙을 내렸다. 시인이 사는 군에서 키우는 닭이나 오리들 수백만 마리가 살처분되었다. 한마디로 닭 씨가 말라버렸다. 그렇게 닭들을 전멸시키고 나서야 조류독감의 주력부대는 천천히 물러났다. 다행스럽게도 시인네 닭들은 한 마리도 죽지 않았다.

"어이 상권이, 우리 닭님들은 끄떡없네. 진짜 놀라움의 연속이네. 군청에서 나온 사람들도 다 놀라네. 어떻게 우리 닭님들만 무사할 수가 있는지……. 아마 정부 차원에서 조사가 나올 모양이네. 그만큼 그 사람들에게는 놀라운 일인가 보네. 뭐 마을 사람들도 다들 놀라고 있어. 저 집 닭들은 산삼을 먹였냐고 농담하는 사람도 있고……."

6

나는 초겨울 햇살을 이끌고 시인네 집을 방문하였다. 강에서는 쉬지 않고 중장비들이 굉음을 내고 있었으나 시인은 편안해 보였다. 닭들은 100여 마리로 불어나 있었다. 모두 다 자연 번식이었다. 시인네 식구들은 둥지조차 만들어주지 않았다. 나는 다시금 닭들의 힘을 느꼈고, 시인도 닭들의 엄청난 번식력에 늘 경의를 표한다고 했다.

"어이, 상권이, 우리는 저 닭님들을 모시고 살고 싶네. 그걸 업으로 받아들이고 싶네. 논농사를 접고 닭농사를 지으려고 하네. 벼를 키우는 것이나 닭님을 키우는 것이나 다 똑같은 것 아닌가. 다 모시는 것이지. 잘 모셔서 우리의 몸속으로 들어오게 해야 우리 모두가 건강하고 행복해지는 것 아닌가? 닭님들을 모시고 싶네."

그러니까 시인은 양계업을 하겠다는 뜻이었다. 나는 시인이 왜 그런 마음을 품게 되었는지 충분히 이해할 수 있었으나 그걸 업으로 받아들이겠다고 하자 어떻게 말을 해야 좋을지 망설여졌다. 적어도 닭농사를 업으로 받아들이기 위해서는 수백 마리 아니 수천 마리로 닭 식구를 늘려야 하고, 그러기 위해서는 지금처럼 나무 위에서 재울 수가 없다. 당연히 닭들이 살 수 있는 집을 지어야 하고, 닭들의 먹거리도 해결해야 한다. 그건 보통 일이 아니라는 점을 시인한테 상기시켜주었다.

시인은 이미 치밀하게 그런 준비를 하고 있었다. 이미 한 달 전부터 전국의 닭 잘 키우는 고수들을 물어 물어서 찾아다니고 있었다. 토종닭을 키우고 있다는 정보를 들으면 어디건 찾아가서 소중한 경험담을 귀동냥하였다. 결론이 자연 농법이었다. 사람이 먹을 수 있는 물과 사료를 주는 게 핵심이었다. 시인은 깻묵과 쌀겨 등을 버무려서 직접 닭 모이를 만들었다. 달맞이꽃 씨앗을 섞어서 주기도 하였고, 굴 껍질을 갈아서 섞어주기도 하였다. 시인은 그것을 발효 사료라고 했다. 발효 사료를 만드는 일은 힘이 들기는 하지만 우리 조상들이 해오던 방식이다.

"이제 시작에 불과하지만, 나는 닭님들을 믿네. 사실 우리는 크게 할 일이 없어. 닭님들을 믿고 도와주기만 하면 돼. 지금 양계장에서 먹이는 성장촉진제와 항생제투성이인 사료를 주지 않으면 되고, 자연스럽게 풀어놓고서 닭님들 스스로 살아가도록 허주면 돼."

물론 풀어놓고 키우다 보니 고양이나 삵은 물론 매들의 공격으로 희생당하는 닭들도 많다고 하였다. 시인은 어쩔 수 없는 일이지 않으냐고 나를 보았다. 옆에 앉아 있던 시인의 아내는 그래도 닭농사를 업으로 하겠다고 나섰다면 다른 동물들의 습격을 최소한으로 막아야 한다고 했다. 병아리 한 마리가 어른 닭으로 성장하기 위해서는 6개월 이상의 시간이 필요하다. 그렇게 성장한 닭이 하루아침에 다른 동물들의 공격으로 죽어갈 때마다 너무 마음이 아프다고 하였다. 더구나 매는 하루에 서너 마리의 닭들을 잡아간다고도 하였다. 그래도 시인은 어쩔 수 없다고 하였다.

"닭님들이 미련해서 당하는 것도 아니고, 닭님들도 다 나름대로 생각하고 방어를 하는데도 당하는 거야. 그건 어쩔 수가 없어. 다른 동물들한테 당하는 만큼 또 번식을 하니까 걱정할 거 없어."

시인의 아내는 더 이상 토를 달지는 않았다. 시인의 아내도 닭농사를 짓다 보면 어느 정도의 피해는 감수해야 한다는 걸 잘 알고 있었다. 다만 너무 마음이 아파서 하소연하는 것이었다.

그해 겨울에는 참 많은 눈이 세상으로 내려왔다. 기상 관측 이래 가장 추운 날씨라고 기상대가 호들갑을 떨어낼 만큼 추웠다. 그래도 닭들은 건강하게 겨울을 났다. 내가 다시 시인의 집을 방문했을 때는 땅이란 땅에서는 냉이랑 꽃다지들이 꽃 잔치를 벌이고 있었다. 봄날은 다소 덥게 느껴졌다. 나는 시인의 집으로 들어서면서 마당 곳곳으로 몰려다니는 닭들을 보고 입을 딱 벌렸다.

닭들은 800여 마리 정도로 불어나 있었다. 더 이상 그곳은 시인네 식구만 사는 집이 아니었다. 닭들이 사는 작은 나라였다.

“세상에 이게 어떻게 가능한 일이지? 닭들이 이렇게 불어나 있다……. 우리 집에서 보낸 닭들이 맞나?”

나는 닭들을 하나하나 헤아려보았다. 우리 집에서 온 암탉들은 이미 몇 번이나 알을 낳아서 그런지 몸은 야위어 있었고 깃털도 많이 빠져 있었다. 그 위대한 어머니들도 어느새 늙어 있었다. 그래도 그녀들은 당당했다. 눈에는 경험 많은 것들 특유의 지혜로운 빛이 아른거렸으며 병아리들을 부르는 목소리 속에는 여유가 있었다. 우리 집에서 온 수탉하고도 눈인사를 했다. 그놈은 암탉들보다 더 나이가 들어 보였다. 자신의 식구들을 돌보면서 다른 야생동물들이랑 용감하게 맞선 흔적들이 몸 곳곳에 훈장으로 남아 있었다. 수탉의 상징인 벼슬도 세 가닥으로 갈라져 있었고, 왼쪽 다리를 약간 절었으며, 오른쪽 날갯죽지도 땅에 닿았다. 그건 눈에 보이는 상처였고, 실제로는 보이지 않는 흉터가 더 많았다. 그의 몸 곳곳에 물어뜯기고 쪼이고 찔리고 채인 흉터들을 헤아릴 수가 없었다. 이제 그 수탉은 자신의 건강한 유전자를 담은 젊은 수탉들의 눈치를 보는 처지였으나 사람을 보면 달려드는 깡다구만큼은 여전했다.

“형님, 이건 혁명이네요. 닭 다섯 마리가 800여 마리로 늘어났으니 혁명이 아니고 뭡니까? 지금 제가 보고 있는데도 믿어지지가 않네요. 어떻게 이런 일이 일어날 수가 있는지……."

시인은 너털웃음을 지으면서 흐뭇하게 웃었다.

"그럴 것이네. 실은 나도 가끔은 잘 믿어지지 않네. 지금은 약 800마리 정도 되지만 700마리 정도를 유지하려고 하네. 더 이상 많아지면 곤란하네. 우리도 힘들고 여러 가지로 어려워져. 700마리 정도가 가장 적당해. 그게 우리 가족이 감당할 수 있는 닭님들이네. 자급자족이 가능한 정도, 가족 소농, 우리 농업은 이걸 회복해야 희망이 있네."

시인은 벌써부터 소문이 나기 시작하여 달걀을 찾는 사람들이 많아졌다고 하였다. 얼마 전에는 식품을 만드는 대기업에서 달걀을 시중에다 파는 값보다 비싸게 전량 구입을 하겠다고 제안이 왔지만 거절했다는 말도 하였다. 시인은 당신이 농사지은 달걀을 돈 있는 특별한 사람들이 아니라 평범한 사람들에게 돌려주고 싶다고 하였다. 또한 정부 관련 부처에서 나와 닭들의 피를 뽑아 유전자 검사를 하였는데, 전국에 있는 수많은 닭들 중에서 우리의 토종닭하고 가장 가깝다는 검사 결과를 통보받았다는 말도 하였다. 물론 왜 시인네 닭들만 조류독감에도 걸리지 않는지에 대한 조사도 이루어졌다고 하였다. 시인은 그들에게 이렇게 말했다고 하였다.

"내가 직접 닭님들의 먹거리를 만들어주니 닭님들이 건강할 수밖에 없지요. 야산에다 풀어놓으니 닭님들이 지렁이며 벌레며 온갖 단백질이 풍부한 다른 생명체들을 잡아먹고, 온갖 약초들인 쑥이며 민들레며 냉이며 그런 풀들을 뜯어 먹고 사니까 건강할 수밖에 없지요. 물론 우리 닭님들은 양계장에서 키우는 닭님들하고는 달리 사흘에 알을 하나밖에 낳지 않습니다. 그게 정상입니다. 날마다 알을 낳는 게 비정상입니다. 그건 기계이지 생명체가 아닙니다. 그러니 좋은 달걀이 나올 수가 없지요. 조류독감 이런 것도 다 속도전과 대량생산의 욕망 때문에 생겨난 것입니다. 양계장 가보세요. 닭들이 숨쉴 공간도 없고, 밤에도 잠 못 자게 전깃불을 켜놓고, 어디 풀잎 하나 뜯어 먹습니까? 흙 한 입, 모래 한 톨 먹을 수가 있습니까? 그러니 도대체 저항력이 생길 수가 없지요……."

나는 그분들과 번갈아 가면서 이야기를 하였다. 시간 때문에 그 사연을 다 쏟아낼 수는 없었고 대충 가닥만 추릴 수밖에 없었다. 그래도 다들 감동 어린 눈빛으로 나를 쳐다보았다. 임규찬 형이 나한테 술잔을 권하면서, 닭 다섯 마리가 칠팔백 마리로 불어났다는 사실을 누가 믿겠냐고 하였다. 전성태 작가도 보지 않고서는 믿기지 않을 것이라고 하였다. 송기원 선생님은 진지하게 내 말을 귀에 담고 있다가,

"일선이가 그렇게 살고 있구나."
하고 혼잣말에 가깝게 읊조렸다.
"닭 다섯 마리가 한 가족의 생을 바꿔버렸네."
조금 전보다는 목소리에 힘이 있었으나 여전히 혼잣말에 가까웠다.

한동안 아무도 말이 없었다. 술이 몇 잔 더 돌았다. 다들 얼굴이 벌겋게 달아올랐다.

이윽고 송기원 선생님이 시계를 보면서 가야 할 시간이라고 하자 그 형이 서운하다는 표정으로 다시금 술을 권하면서 말했다.

"우리 다 같이 한번 가지요. 나도 한번 보고 싶네요. 더구나 우리 닭이 토종닭이 아니라그 하니까……."

"형, 그러지 않아도 저번에 홍일선 형님이랑 통화를 할 때 형 이야기를 했어요. 홍일선 형님이 형이 여기 광덕산 기슭에다 자리 잡은 것을 알고 계시더라고요. 언제 한번 들르라고 했어요. 사실 제가 차편만 여유가 있었다면 여주에 가서 토종닭을 몇 마리 얻어 오려고 했어요."

"야, 그럼 말이 나온 김에 조만간에 한번 가자."

나는 언제든지 좋다는 말을 하다가 휴대전화 진동음을 느끼고 일어났다. 놀랍게도 그 시인이었다. 나는 전화를 받으려서, 형님은 양반 되기는 틀렸다고 농담부터 하였다. 지금 임규찬 형네 집에서 작은 술판이 벌어졌는데, 형님이랑 그 닭님들 이야기를 하고 있었다고 하였다. 시인은 누구누구 있냐고 물었다. 나는 송기원 선생님, 임규찬 형, 전성태 작가 그리고 나, 이렇게 넷이라고 하였다. 시인은 송기원 선생님하고 통화를 하고 싶다고 하였다. 내가 송기원 선생님한테 휴대전화를 드렸다.

"아 그래, 일선아……, 니 이야기 잘 들었다……. 그래, 그래…… 지금까지 네가 한 일 중에서 가장 잘한 것 같다…….”

송기원 선생님의 목소리는 이상하게도 울림이 있었다. 나이 든 수탉이 숲 속에서 병아리를 낳아 집으로 돌아온 암탉에게 존경하는 눈빛으로 토해내는 말 같았다.

1) 송기원: 소설가. 1947년 전남 보성에서 태어났으며 1974년 중앙일보 신춘문예에 단편 「경외성서(經外聖書)」, 동아일보 신춘문예에 시 「회복기의 노래」가 함께 당선되어 문단에 나왔으며, 이후 예리한 현실 인식과 탐미적 감수성을 보여주는 작품 세계를 펼쳐왔다. 소설집 『월행(月行)』, 『다시 월문리에서』, 『인도로 간 예수』, 『사람의 향기』 등이 있으며 신동엽창작기금, 동인문학상, 오영수문학상 등을 받았다.

2) 홍일선: 시인. 1950년 경기 화성에서 태어났으며 1980년 계간 『창작과 비평』에다 시를 발표하면서 글을 쓰기 시작했다. 시집으로 『농토의 역사』, 『한 알의 종자가 조국을 바꾸리라』, 『성(聖) 시화호』 등이 있다.

3) 임규찬: 문학평론가. 성공회대 교양학부 교수. 1957년 전남 보성에서 태어났으며 1988년 『실천문학』에 평론을 발표하며 글을 쓰기 시작했다. 평론집 『왔던 길, 가는 길 사이에서』, 『비평의 창』, 『한국 근대소설의 이념과 체계』 등이 있다.

4) 전성태: 소설가. 1969년 전남 고흥에서 태어났으며 1994년 실천문학신인상을 받으며 작품 활동을 시작했다. 소설집 『매향(埋香)』, 『국경을 넘는 일』, 『늑대』 등이 있으며 신동엽창작상, 현대문학상, 오영수문학상, 무영문학상, 민족문학연구소 올해의작가상 등을 수상했다.

고양이가 기른 다람쥐

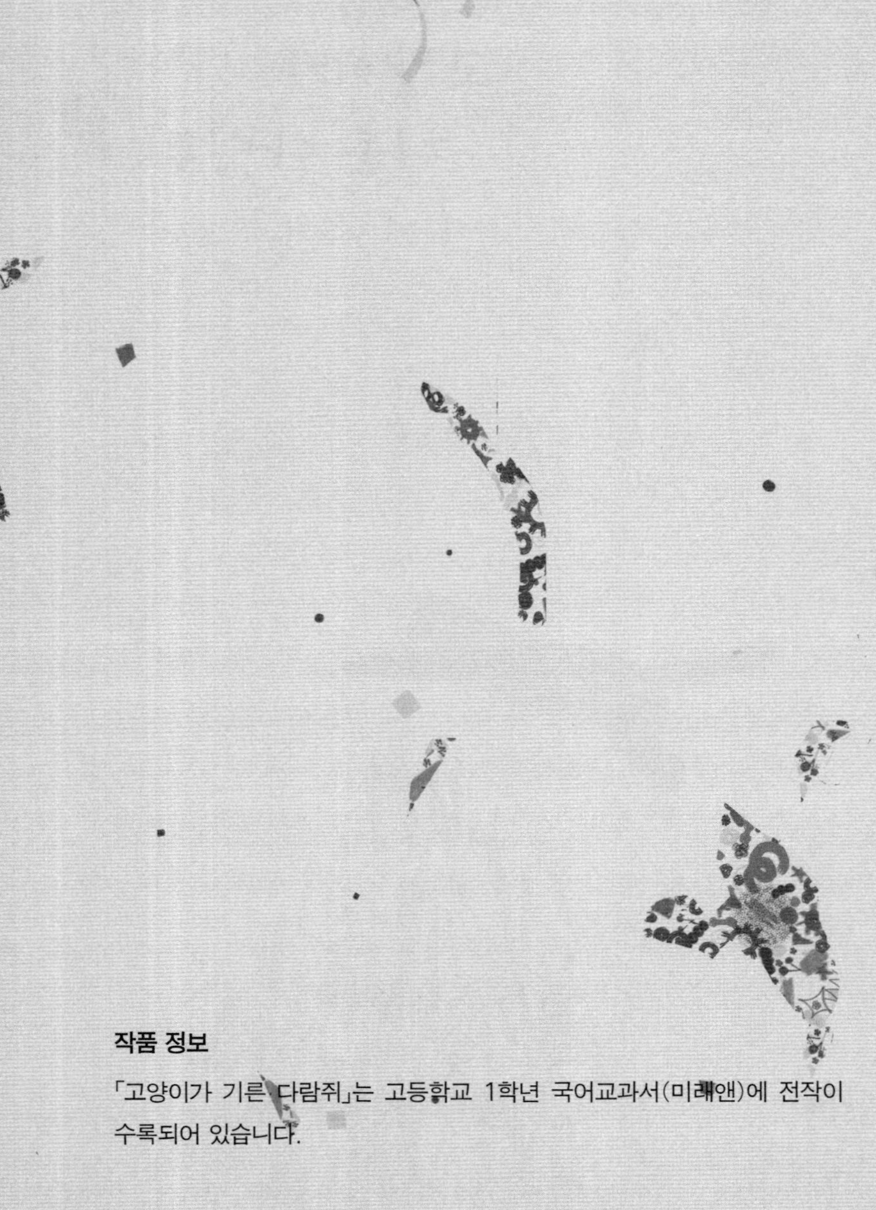

작품 정보

「고양이가 기른 다람쥐」는 고등학교 1학년 국어교과서(미래앤)에 전작이
수록되어 있습니다.

1996년 12월 13일.

그날은 어머니의 생신이었다. 우리 오 남매 중에서 어머니 생신이라고 내려온 사람은 우리 식구뿐이었다. 아내와 딸, 그리고 나.

12월이라지만 고향은 따뜻했다. 양지 바른 길가에는 냉이꽃이 하얗게 피었다. 그만큼 남쪽의 겨울은 따뜻했다. 다른 지방에서라면 봄에나 피는 꽃이 겨울에 필 정도로.

집 뒤란에는 감나무들이 빨간 감을 주렁주렁 매달고 있다. 어린 시절 내내 내 입맛을 달래주던 감이다. 하지만 이제 아무도 감을 따지 않는다. 돌아가신 우리 할아버지보다 나이가 많은 감나무도 여러 그루다. 그런 나무에도 서너 가마니 이상은 딸 만큼 감이 열려 있다.

나는 딸을 데리고 감나무 밑으로 가다가 걸음을 멈춘다. 뭔가 감나무 위로 올라간다. 밤색 줄무늬가 또렷한 놈이다.

'아니, 아직까지도 겨울잠에 들지 않았단 말인가?'

아무리 겨울이 따뜻하다고 해도 믿어지지 않는다. 하지만 이렇게 겨울이 봄날 같다면 동물들이 겨울잠 자는 일도 없어지리라.

다람쥐는 빨간 감을 따서 입에 물고는 내려온다. 능숙한 솜씨다. 제 머리통보다 큰 감이건만 무겁지도 않은 모양이다. 다람쥐는 장독대 옆으로 해서 부엌 옆에 달린 보일러실로 들어간다.

나는 어머니에게 다람쥐가 보일러실에서 사는 모양이라고 속삭인다.

어머니는 알고 있다는 표정으로 헛기침을 하신다.

"허허, 그 녀석도 내 생일을 아는 모양이구먼. 나한테 선물 주려고 그러는 모양이다."

"아니, 다람쥐가 어머니 생신을 알아요? 무슨 말씀인지 저는……."

아내는 농담도 잘하신다는 표정으로 웃는다.

"사실이야. 두고 봐라. 그 녀석이 감을 들고 올 테니까."

다람쥐에게 '그 녀석'이라고 말하는 품이 정겹게 느껴진다. 어머니는 다정한 눈빛으로 다람쥐를 내려다보고는 다람쥐에 대한 이야기를 들려주신다.

자식 같은 동물

맨 처음 다람쥐가 나타난 것은 1994년 3월이다.

어머니는 마당에서 씨고구마를 고르고 있었다. 추위에 약한 고구마는 조금만 찬바람을 맞아도 얼어서 썩어버린다. 물론 따뜻한 방에다 보관하지만 봄이 되면 썩은 게 절반이다.

환갑을 넘긴 어머니는 점점 농사를 줄이는 중이지만, 자식들에게 부쳐줄 농사는 최소한으로 지으신다. 고구마, 감자, 고추, 콩, 팥, 쌀농사 따위다. 쌀농사야 기계로 한다지만, 밭농사는 모두 손으로 해야 한다. 고구마를 좋아하는 자식은 둘째인 나다. 어머니는 나 때문에 해마다 고구마 농사를 짓는다.

그날따라 어머니는 내 생각으로 눈을 감고 있었다. 그런데 뭔가 발등을 타고 넘어갔다. 눈을 떠 보니 아주 귀여운 다람쥐다. 숱하게 보아온 동물이지만 그날은 특별하게 보였다.

사람이 나이 들면 동물을 좋아한다는 말이 있다. 자연과 가까워진다는 뜻이다. 자연과 가깝다는 말은 죽을 날이 가까워졌다는 뜻도 된다.

아무튼 평소에는 거들떠보지도 않던 동물이지만 어머니는 다람쥐를 유심히 바라다보았다. 겨울잠에서 깬 후 충분히 먹지 못했는지 여위어 보였다. 하긴, 아직은 다람쥐들이 배고픈 계절이다.

"옛다, 이거 먹으렴."

어머니는 고구마 한 개를 반으로 쪼개서 던져주었다. 다람쥐가 어머니 눈치를 살폈다. 어머니가 웃어주었다.

"괜찮다, 어서 먹으렴. 나는 너를 잡을 만큼 빠르지도 않단다. 너를 잡아서 키울 만큼 부지런하지도 않고, 너를 잡아서 팔 만큼 욕심도 없단다. 그러니까 안심하고 먹으렴."

어머니는 다람쥐가 사람 말을 알아듣는다고 생각했다. 그것은 어머니의 어머니가 가르쳐준 진리였다. 사람하고 가깝게 살아가는 동물 앞에서는 말을 함부로 하지 말라고.

"특히 집에서 기르는 짐승들은 사람 말을 알아들어. 소도 알아듣고, 돼지, 개, 닭, 염소도⋯⋯. 쥐는 사람이 기르지는 않지만 사람과 같이 살지. 그래서 쥐도 사람 말을 알아듣는단다."

어머니는 우리에게도 그런 말을 자주 하셨다.

과연 다람쥐는 어머니의 말을 알아들었다. 어머니가 옆에 가도 도망치지 않았다.

하루 이틀 날이 가고, 어머니는 그날 일을 까마득히 잊어버렸다.

한 달쯤 지났을까. 어머니가 씨감자를 고르고 있을 대 그 다람쥐가 다시 나타났다.

"오냐, 너로구나. 그래, 잘 왔다. 배고플 텐데, 자 먹으렴. 이제 조금만 참으면 배고픈 계절은 지나간단다. 그러니까 부지런히 일해서 식량을 모아둬야지. 그래야 겨울부터 봄까지 굶주리지 않거든. 다람쥐는 개미보다 더 부지런하다고 들었는데, 안 그러니? 식량 창고를 수십 개나 만들어둔다던데. 괜찮다. 올해부터 부지런히 일하면 되니까."

어머니는 하도 반가워서 은연중에 다람쥐를 쓰다듬었다. 그러다가 어머니는 놀라 일어섰다. 아무리 작은 동물이라고 해도 그놈은 야생 다람쥐가 아닌가. 잘못 건드리다가는 물릴 수도 있다. 다람쥐는 이빨 독이 있는지라 물리면 잘 낫지도 않는데…….

하지만 다람쥐는 어거니를 전혀 경계하지 않았다. 그제야 어머니는 다람쥐에게 미안함을 느꼈다.

"미안하다. 사람이란 이래. 늘 의심하고, 걱정하고, 두려워하고, 남을 못 믿고…… 그렇게 평생을 살거든. 그래서 늙으면 교활해지지. 이해하렴."

커다란 집에서 혼자 사는 어머니는 마치 말벗을 만난 듯했다.

다음 날 아침이었다.

부엌에서 혼자 밥을 먹는데 그 다람쥐가 나타났다. 어머니는 놀라면서도 반가워했다.

"허허, 너로구나. 아직 밥 안 먹었지야? 자, 가만있자…… 이 밥그릇은 우리 막내가 먹던 것이란다. 이 수저도……. 참, 너는 수저질을 할 수가 없지."

막내를 서울로 떠나보낸 지도 10년이 넘는다. 자식들은 철들기도 전에 모두 서울로 떠났다.

어머니는 갑자기 눈시울을 문질렀다. 눈물이 났다. 외로움 때문이다. 그리움 때문이다. 다람쥐가 어머니의 가슴속에 있는 그리움을 불러낸 셈이다.

"자아, 많이 먹어라. 아침이 든든해야 해. 요즘 젊은 것들은 아침을 빵에다 우유로 때운다고 하더라만, 사람은 아침이 든든해야써. 내일도 오너라, 알았지?"

어머니는 꼭 자식을 보는 심정이었다. 어머니는 자식들을 키우는 데 평생을 바쳤다. 하지만 자식들이 커버리자 이상하게도 허탈했다. 모두 손에 잡히지 않는 곳으로 떠나가 버린 듯했다.

그날부터 다람쥐는 매일 어머니를 찾아왔다.

어머니는 다람쥐에게 많은 이야기를 들려주었다. 자식들 이야기, 농사일 이야기, 세상 돌아가는 이야기. 못할 이야기가 없다. 다람쥐는 어머니를 비웃지 않는다. 항상 어머니의 이야기를 들어준다.

전에는 밤늦게 일에 지쳐서 들어오면 그냥 쓰러져 잤다. 손발도 씻지 않았다. 밥상 차릴 기운도 없었다. 그런데 다람쥐가 반기면서부터 달라졌다. 어머니는 아무리 몸이 고달파도 밥을 먹는다. 막내의 밥그릇을 차지한 다람쥐는 이제 하찮은 동물이 아니다. 언제부턴가 어머니는 외롭지 않다는 생각을 하였다. 그러고 보니 외로움도 별게 아니었다. 누군가와 이야기를 하니까 쉽게 없어지니 말이다.

어머니는 개보다 다람쥐에게 정을 더 느꼈다. 개는 사람을 좋아하지만, 사람의 말을 진지하게 들어주지는 않으니까.

그러던 어느 날, 어머니는 아침부터 허둥댔다. 다람쥐가 보이지 않았기 때문이다. 그런 일은 한 번도 없었다. 불안했다. 혹시 고양이나 개한테 물려 죽은 건 아닐까? 족제비나 담비에게 당했을지도 모른다. 부엉이나 올빼미의 짓일지도 모르고. 아, 그러고 보니 다람쥐를 노리는 눈이 너무 많았다.

'왜 그 생각을 못했을까? 불쌍한 것⋯⋯.'

어머니는 그날 종일토록 아무 일도 하지 않았다. 밥도 들어가지 않았다. 서울에 있는 자식들에게 전화를 해도 마찬가지였다. 그래서 옛날 사람들은

"동물한테 정을 주면 못쓴다. 어차피 동물은 사람이 잡아먹을 수밖에 없는 운명이여. 그런데 동물한테 정을 주면 그런 자연의 이치가 무너지거든⋯⋯."

하고 말했던가.

그날 밤 어머니는 눈물까지 흘렸다. 자식들을 하나씩 서울로 보낼 때마다 흘리던 눈물이다. 어머니는 다람쥐에게 너무 많은 정을 주었다. 어머니는 술을 마셨다. 그래야만 잠을 잘 수 있을 것 같았다.

술기운으로 막 잠이 들 참이었는데, 방문을 긁는 소리가 들렸다. 아, 다람쥐였다.

"오매, 이놈아! 어디 갔다가 이제 오냐? 나는 부엉이한테 잡아먹힌 줄 알았다!"

어머니는 한 줌도 안 되는 다람쥐를 안고 울었다.

다람쥐는 한동안 어머니를 바라보다가,

'이쪽으로 와보세요.'

하듯이 부엌으로 뛰어갔다.

어머니가 움직이지 않자, 다람쥐는 몇 번이나 그 행동을 되풀이했다. 그제야 어머니는 다람쥐를 따라갔다.

다람쥐는 부엌 밖으로 나갔다. 부엌 밖에는 자그마한 문이 있다. 보일러실이다. 그곳도 예전에는 부엌이었다. 다만 부엌을 고치면서 보일러실 겸 창고로 칸막이했을 뿐이다.

다람쥐는 보일러실 구석으로 가더니 땅바닥에 조그마하게 나 있는 구멍으로 들어갔다.

어머니는 호미로 그 구멍을 팠다. 그러자 판자가 보였다. 판자를 들어내자 커다란 독이 나왔다. 술독이었다. 그제야 어머니는 머리를 끄덕거렸다.

"술독이 어디에 묻혔나 했더니 여기에 있구면. 그래, 다행이구나. 너희가 술독에서 편안히 살고 있으니 말이다. 이 술독은 우리 집 대대로 내려온 것이지. 옛날에는 집에서 술을 만들었단다. 술이 워낙 비싸서 사다 먹을 수가 없었거든. 그런데 정부에서는 술을 만들어 먹지 못하게 했어. 발각되면 벌금을 많이 물었지. 그래서 이렇게 술독을 숨겨놓고 술을 만들었단다. 우리 집에서는 시우 할아버지가 돌아가시면서부터 술독이 필요 없어졌어. 그러다 보니 잊어버렸구나. 아무튼 잘됐다."

깜깜한 술독 안을 손전등으로 비춰 본 어머니는 깜짝 놀랐다. 지푸라기로 동그랗게 만들어진 둥지 안에 다람쥐 새끼들이 있었기 때문이다.

"옳아, 새끼를 낳았구나. 허허허, 경사로군. 금줄을 만들어야겠다. 금줄은 왼 새끼줄로 만들지. 금줄을 치면 나쁜 병이나 무서운 동물이 들어오지 못한단다."

어머니는 보일러실 문에다 왼 새끼줄을 꼬아서 금줄을 걸었다.

어미 잃은 새끼들

어머니는 다람쥐 어미를 정성스럽게 보살폈다. 보고 들은 경험으로 다람쥐의 먹이를 구하고, 밥도 주었다. 묵은 밤도 구해다 주었다. 열매라고 생겼으면 무엇이든지 따다 주었다.

사실 지난봄부터 다람쥐는 스스로 먹이를 구하지 않았다. 애써서 먹이를 구할 필요가 없었다. 어머니가 다 구해다 주었기 때문이다.

어머니는 다람쥐의 식성을 잘 알았다. 곤충도 먹고, 생선도 먹는다. 가끔씩 풀도 먹고 물도 마셔야 한다.

새끼들은 무럭무럭 자랐다.

수컷 다람쥐는 서너 번 보이더니 사라졌다. 다른 동물들에게 당한 모양이다. 그래서 암컷 다람쥐는 더욱 먹이를 어머니에게 의존했는지 모른다.

어머니는 암컷 다람쥐가 얼마만큼 게을러져 있는지 몰랐다. 다람쥐는 먹이를 구하려는 노력을 전혀 하지 않았다. 야생동물이 먹이 구하는 본능을 잃어간다는 사실이 얼마나 큰 불행을 가져오는지 어머니는 미처 생각하지 못했다. 다람쥐도 마찬가지였다.

그해 늦여름.

어머니는 오랜만에 서울 나들이를 하였다. 처음에는 큰아들, 작은아들네 집에서 하룻밤씩 자고 오려고 했다. 하지만 뜻대로 되지 않았다. 자식들이 며칠만 더 쉬고 가라고 물고 늘어졌다. 게다가 서울에 있는 친척들마저 어머니를 붙들고 여기저기 구경 다녔다. 그러다 보니 열흘이 지났다.

그제야 퍼뜩 다람쥐를 떠올린 어머니가 시골집으로 내려왔을 때는 끔찍한 비극이 기다리고 있었다.

갓 눈을 뜬 다람쥐 새끼들이 애타게 어미를 찾고 있었다. 새끼들은 몸을 가누지도 못했다. 겨우 숨만 쉬고 있는 놈도 있었다. 적어도 사흘 이상은 굶었을 것 같았다. 순간 어머니는 눈앞이 캄캄했다.

'죽었구나. 아, 내 실수야. 내가 먹을 것을 충분히 주고 갔어야 하는데……'

어머니는 자신의 책임이라고 가슴을 쳤다.

배가 고픈 어미 다람쥐는 애타게 어머니를 기다렸으리라. 그러나 어머니는 하루 이틀이 지나도 돌아오지 않았다. 젖조차 말라붙은 어미 다람쥐는 어쩔 수 없이 밖으로 나갔다. 하도 오랜만에 밖으로 나와서 먹이를 구하려고 하니 쉽지 않았다. 야생의 세계에서 살려면 반드시 지켜야 할 규칙들도 다 잊어버렸다. 그러니 다른 동물들에게 잡아먹히는 건 시간 문제였으리라.

어머니는 감나무 밑에 한 무더기 떨어진 부엉이 똥을 발견했다. 그 속에는 커다란 다람쥐 머리뼈가 들어 있었다. 어머니는 신을 원망했다.

"죽은 어미야 어쩔 수 없다고 쳐도, 새끼들은 어떻게 합니까? 신은 공평하다고 했습니다. 강한 동물에게는 약한 새끼를 주시고, 약한 동물에게는 강한 새끼를 주신다고 했지요. 그래서 사람이나 사자, 호랑이 새끼들은 아주 약하고, 자라는 데 시간이 오래 걸리지요. 반대로 노루같이 약한 동물은 태어나자마자 뛰어다닐 수 있을 정도로 강하고, 자라는 속도도 빠릅니다. 그런데 노루나 토끼보다 약한 다람쥐에게는 왜 불공평합니까? 당연히 다람쥐 새끼도 태어나자마자 눈을 뜨고, 어미처럼 뛰어다닐 수 있도록 하셔야지요……."

어머니는 다람쥐 새끼를 볼 때마다 안타까웠다.

모든 생명체는 자기들이 가장 살기 좋게 진화하는 법이다. 그런데 다람쥐의 자손 번식 본능만큼은 미련스러울 만큼 진화되지 않았다. 사실 다람쥐는 아주 약한 동물이다. 강한 이빨이나 발톱도 없고 소처럼 무서운 뿔도 없다. 그런 동물의 새끼는 갓 태어난 아기와 비슷하다. 갓 태어난 다람쥐 새끼는 눈도 뜨지 못하고, 어미가 보살피지 않으면 금방 죽는다. 사람이나 호랑이 새끼도 마찬가지다. 그러나 호랑이에게 잡아먹히는 노루 새끼는 태어나면서 눈을 뜨고, 곧장 뛰어다닌다. 다람쥐도 그런 새끼를 낳아야 한다. 그래야 살아남을 확률이 더 높다. 다람쥐 새끼는 태어나면서부터 자기 몸을 지킬 만큼 진화했어야 한다는 뜻이다.

어머니는 잠을 이루지 못했다. 다람쥐 새끼들 때문이었다. 새벽에 나가보니 세 마리가 죽어 있었다. 이제 남은 새끼는 두 마리뿐. 그놈들도 살 가망이 없어 보였다. 그렇다고 어머니가 할 수 있는 일도 없었다. 이제는 다람쥐 새끼들의 죽음을 지켜보는 수밖에. 가끔씩 고양이 울음소리에 깜짝깜짝 놀라서 뛰쳐나갔을 뿐이다.

그런데 다음 날 믿어지지 않는 일이 벌어졌다. 죽은 새끼들이나 묻어주려고 보일러실로 들어간 어머니는 깜짝 놀라고 말았다.

"야옹, 야옹!"

갑자기 술독에서 시커먼 고양이 한 마리가 뛰쳐나온 것이다.

어머니는 그 고양이가 다람쥐 새끼들을 다 잡아먹었으리라고 생각했다.

하지만 놀랍게도 어머니의 손전등을 받으며 꿈틀거리는 다람쥐 새끼들이 있었다. 고양이 새끼들도 보였다. 놀랍게도 고양이가 다람쥐 둥지에다 새끼를 낳은 모양이었다. 고양이 새끼는 네 마리였다.

고양이는 다람쥐의 무서운 천적이다. 그래서 더욱 믿어지지 않았다. 고양이가 다람쥐 새끼를 죽이지 않고 자기 새끼로 생각한다는 점이 꿈만 같았다.

순간적으로 어머니는,

"신이야말로 공평하십니다."

하면서 두 손을 모았다.

어머니도 가끔씩 텔레비전이나 소문으로 염소가 송아지를 키우고, 개가 호랑이 새끼를 키웠다는 소리를 듣긴 했지만, 고양이가 다람쥐 새끼를 키웠다는 소리는 듣지 못했다.

고양이는 다람쥐 새끼를 친자식처럼 키워주었다.

한 달이 지나자 어미 고양이는 술독을 떠났다.

다람쥐와 고양이의 생활은 전혀 다르다. 다람쥐는 어느 한 곳에다 보금자리를 정해놓고 생활하는 반면, 고양이는 일정한 보금자리가 없다. 이 집 저 집, 이곳저곳을 돌아다니면서 잠을 잔다.

어머니는 다람쥐 새끼를 고양이한테서 뺏을 생각도 하였다. 하지만 의붓어미 격인 고양이의 슬픔을 생각하니 그럴 수가 없었다. 그 대신 다람쥐 새끼들을 가깝게 두려고 하였다. 새끼 때부터 매일 들여다보았는지라 다람쥐 새끼들도 어머니를 따랐다.

어머니는 고양이한테 전혀 간섭하지 않았다.

고양이는 자기 방식대로 다람쥐를 교육시켰다. 음식도 육식을 강요하였다. 다람쥐 새끼들도 도토리나 밤 대신 고기만 먹었다. 주로 쥐였다. 게다가 찍찍 울어야 하건만 야옹야옹 하려고 들었다. 그러다 보니 '찌옹찌옹' 하는 소리가 되었다.

쥐나 참새를 사냥하는 방법도 배웠지만 발톱이 날카롭지 않은 다람쥐 새끼들은 번번이 실패하였다. 그럴 수밖에 없는 것이, 고양이는 예민한 코로 쥐를 찾아낸다. 그러나 다람쥐는 귀가 밝지만 코는 무딘 편이다. 그러다 보니 고양이와는 어울릴 수가 없었다.

안타깝게도 다람쥐들에게는 다람쥐만의 생활을 가르쳐줄 어미가 없었다. 다람쥐 새끼들은 개나 다른 고양이들을 보아도 도망치지 않았고, 쥐를 보면 고양이처럼 공격을 하였다.

그러다가 다람쥐 한 마리가 이웃집 고양이한테 물려 죽었다. 나머지 한 마리도 부엉이의 공격을 받았다. 다람쥐는 부엉이가 무서운 적이라는 사실도 몰랐다. 부엉이가 아무리 사나워도 고양이를 당해낼 수는 없었기 때문이다. 다람쥐는 자신을 고양이라고 생각했던 것이다. 부엉이 발톱에 할퀴어 큰 부상을 당한 다람쥐는 어머니에게 발견되었다.

인간과 야생동물

어머니는 그 다람쥐를 잘 치료해주었다. 다람쥐는 빠르게 회복되었다.

어머니는 술독에다 다람쥐를 넣어주었다. 다람쥐의 미래는 불확실하다. 그놈은 비록 몸은 다람쥐이지만 생각은 고양이이기 때문이다.

어머니는 고민하기 시작했다. 다람쥐가 다람쥐처럼 생활할 수 있도록 도와주어야 한다. 하지만 사람이 다람쥐의 생활을 가르칠 수는 없다. 그렇다고 다른 방법도 없었다. 일단 알아듣든 못 듣든 간에 어머니는 직접 가르치기로 하였다.

"자, 너는 다람쥐야. 고양이가 아니란다. 자, 고기보다 도토리가 더 맛있을 거야. 먹어봐. 옳지. 고양이는 다람쥐를 잡아먹는 무서운 동물이야. 그러니 고양이를 보면 일단 도망쳐야지. 어디로? 나무 위로 도망쳐야지. 너는 나무를 잘 타니까. 물론 고양이도 나무를 잘 타지만, 너만큼 빠르지는 못해."

하지만 고양이 젖을 먹고 자란 다람쥐에게 고양이가 적이라는 말은 소용없었다. 아침에 이웃집 고양이한테 혼쭐이 나고도, 고양이만 보면 달려나갔다. 아슬아슬한 순간이 한두 번이 아니었다. 개나 족제비, 부엉이는 무서워하면서도 오직 고양이만은 철석같이 믿었다.

어머니는 야생에서 자란 다른 다람쥐를 만나게 해야 한다고 생각했다.

가을 수확 철이 되었다.

어느 날 마을 사람들이 탈곡기 안에 숨어든 다람쥐 한 마리를 잡았다. 어머니는 그 다람쥐를 달라고 하였다. 그리고 술독에서 사는 다람쥐와 함께 사흘간 가둬놓았다.

그 후 술독을 열어놓아도 야생 다람쥐는 도망치지 않았다. 그놈은 암컷이었고, 고양이 젖을 먹고 자란 다람쥐는 수컷이었으니까.

야생 암다람쥐는 수놈에게 하나씩 교육을 시켰다.

우선 겨울 준비를 해야 한다고 했다. 알밤과 도토리를 모아다가 식량 창고를 만들었다. 식량 창고는 돌 틈이나 땅속에다 마련했다. 10여 개의 도토리나 밤을 모아놓고 흙을 덮어 수십 개의 창고를 만든다. 지푸라기나 낙엽도 물어 날랐다. 그래야만 겨울을 따뜻하게 나기 때문이다.

또 겨울이 오기 전에 많이 먹어두어야 한다는 사실도 알려주었다. 겨울잠 자는 곰이나 오소리는 덩치가 크기 때문에 지방을 몸에다 많이 모아놓을 수 있다. 몸이 작은 다람쥐는 그만큼은 못하더라도 최대한으로 지방을 모아놓아야만 한다.

천적에 대해서도 가르쳐주었다. 고양이나 개, 족제비, 담비 같은 천적은 주로 코를 이용하니까 그런 동물이 나타나면 무조건 도망치지 말고 바람을 이용하라는 것이다. 절대로 바람을 등져서는 안 된다고 단단히 일러주었다. 그리고 부엉이나 올빼미들은 귀가 아주 밝다는 점을 강조하였다. 그들의 귀는 아주 미세한 움직임까지 알아내고는 먹이를 정확하게 발톱으로 움켜쥔다. 그들이 고양이 같은 육식동물보다 더 무섭다.

어머니는 다람쥐의 생활을 지켜보기만 하였다. 이제는 절대로 밥을 주지 않았다. 하지만 고양이 젖을 먹고 자란 수다람쥐는 여전히 어머니를 무척 따랐다.

"얘야, 나가서 네 짝이랑 자거라. 너는 다람쥐야. 사람하고 가까워질수록 너는 나약해져."

어머니는 그 말을 버릇처럼 내뱉었다.

눈이 펑펑 내리던 날이었다.

그날도 어머니 옆에서 재롱을 부리던 수다람쥐가 갑자기 줄기 시작하였다. 꼭 어린아이가 잠드는 모양이었다. 그러더니 아무리 흔들어도 다람쥐는 깨어나지 않았다. 겨울잠 잘 때가 되었다는 뜻이다. 어머니는 잠든 다람쥐를 술독에다 넣어주었다. 술독에는 이미 야생 암다람쥐가 잠들어 있었다.

겨울잠에 든 다람쥐들은 사흘에 한 번씩 깨어난다. 그들은 술독에다 쌓아둔 도토리를 먹은 다음 밖으로 나와서 물을 마신다. 그러고는 다시 잠을 잔다.

가끔씩 다람쥐들은 입을 헤벌리고 코를 골았다. 물론 사람의 코 고는 소리처럼 크지는 않다. 어머니는 잠자는 모습까지도 사람하고 똑같다는 느낌을 받았다. 그런 모습을 보니, "사람은 죽어서 다른 생명체로 태어난단다. 뱀으로 태어날 수도 있고, 소로 태어날 수도 있지……" 하고 늘 말씀하시던 시어머니 얼굴이 스쳐갔다.

다람쥐 부부는 무사히 겨울을 났다. 술독이 워낙 컸으므로 식량 걱정은 하지 않았다. 술독에다 식량을 충분히 모아두었기 때문이다. 다른 곳에다 모아둔 식량은 손도 대지 않았다. 어머니는 그들의 식량 창고에다 막대기를 꽂아서 표시해두었다. 나중에 식량이 부족해질 때 가르쳐줄 생각이었다.

다람쥐 부부는 일곱 마리의 새끼를 낳았다.

고양이 젖을 먹고 자란 수컷은 부지런히 먹이를 찾아다녔다. 풀, 도토리, 도마뱀도 있었다. 하도 안쓰러워서 식량 창고를 가르쳐주기도 했지만, 어머니는 그런 간섭도 필요 없다는 판단이 들었다.

사람이든 동물이든 힘든 시절이 필요하다. 그 시절을 겪어야만 좀 더 성숙해지니까. 일의 필요성을 느끼고, 고통을 참고 이겨내는 방법을 깨닫기 때문이다.

어머니와 다람쥐에 대한 이야기가 소문나기 시작하였다.

처음에는 마을 사람들이 와서 구경하였다. 마을 사람들은 아주 경사스러운 일이라고 하였다. 특히 술독에서 살아가는 것으로 보아 우리 집 조상이 다람쥐로 태어난 모양이라고 입을 모았다.

어머니에 대한 이야기는 읍내에서 발행되는 지역 신문에도 소개되었다. 그러자 국회의원, 군의원, 조합장, 면장 같은 사람들이 찾아왔다. 그들은 어머니와 함께 사진을 찍고 싶어 했다. 그러고는 다람쥐 새끼를 키워보겠다고 하였다. 어머니는 거절할 수가 없었다.

면장에게 두 마리를 주었을 때만 해도 이런 부탁은 마지막이겠지 했다. 하지만 어머니를 만나는 사람들은 은근히,

"우리 아이들이 다람쥐를 키워보고 싶어 해서요. 요즘 서울 사람들도 다람쥐를 많이 키운답니다. 우선 기르기가 쉽고, 무엇보다도 귀여우니까요."

하면서 다람쥐 새끼를 달라고 하였다. 조합장, 조합 직원, 지서 주임, 군청 공무원, 심지어 학교 선생님까지도 그랬다.

다람쥐 부부는 두 달 간격으로 새끼를 낳았고, 어머니는 열두

마리의 다람쥐를 사람들에게 주었다.

지난달에는 면장 집에 초대되기도 했다. 면장의 손자들이 다람쥐를 키우고 있었다. 다람쥐 집은 앵무새를 키웠던 작은 철창 집이었는데, 그 철창 안에 작은 쳇바퀴가 있었다. 다람쥐는 그 속에서 재롱을 부렸다.

그날 어머니는 하마터면 울 뻔하였다. 이상하게도 눈물이 났다.

물론 사람들은 애완동물이라고 했다. 텔레비전에서는 돼지를 집 안에서 키우는 사람들 이야기도 나왔다. 목욕도 시키고, 옷도 입히고, 잠도 침대에서 잤다. 뱀이나 원숭이도 사람처럼 키운다. 하지만 그런 사람들도 반성해야 한다고 어머니는 중얼거렸다. 동물이 사람처럼 살 수는 없기 때문이다. 돼지들은 침대에서 자고 싶어 하지 않는다. 원숭이는 욕실에서 목욕하면서 살기를 원하지 않는다. 더러운 돼지우리일지언정, 무서운 천적들이 도사린 숲 속일지라도, 동물들은 그곳에서 자유롭게 살고 싶어 한다.

어머니는 그날 집에 오면서 많은 생각을 했다.

야생동물의 자유를 알아야만 사람도 진정으로 자유로울 수 있다는 것. 그 사실을 사람들은 왜 모를까? 귀여워서 갖고 싶을수록 놓아주어야 한다. 동물은 야생에서 스스로 살아갈 때 가장 행복하고 아름답기 때문이다.

그 후 어머니는 다람쥐 새끼를 한 마리도 사람들에게 주지 않았다. 그래서 아주 곤란해진 적도 있고, 이상한 오해를 받기도 하었다. 심지어 읍내에 사는 어머니의 조카손주가 와서 매달려도 고개를 흔들었다. 그 아이는 울고 난리가 났다. 어머니가 아무리 설명해도 알아듣지 못했다. 조카도 화를 냈다.

"이모, 그까짓 다람쥐가 뭔데 이러세요! 제가 돈 주고 사겠다는데요. 얘가 잠도 안 자고 밥도 안 먹어요. 이모, 이렇게 제가 부탁할게요. 두 마리만 파세요."

그래도 어머니는 들어주지 않았다. 마음이 아팠지만 어쩔 수 없었다.

아무리 사람이 야생동물을 행복하게 해줘도, 야생동물은 결코 행복해질 수 없다. 어머니는 그 말을 몇 번이나 되풀이하였다.

한 번은 면 소재지에 있는 초등학교 교장이 와서,

"아이들 교육용으로 기를 테니, 몇 마리만 잡아서 기증해주십시오."

하고 부탁한 일도 있다. 어머니가 거절하자, 교장은 아이들 교육보다 더 중요한 것이 있냐고 했다. 그래도 어머니는 머리를 흔들었다.

여름휴가 때 아이들을 데리고 고향을 찾아온 사람들도,

"시우 어머니, 우리가 잘 키울게요. 두 마리만 파십시오."

하고는 많은 돈을 내밀었다. 어머니가 거절하자, 밤에 몰래 와서 잡아가는 사람도 있었다. 심지어 다람쥐에게 총을 쏘고 도망치는 사람도 있었다 한다. 그게 다 사람들의 부질없는 욕심 때문이다.

어머니는 내 딸을 안더니,

"우리 강아지가 크면 다람쥐 덕을 보게 될 거야. 다람쥐는 여름 내 부지런히 일하지. 밤도 모으고, 도토리도 모으고, 창고를 수십 개 만들어서 밤이나 도토리를 저장하거든. 허허허, 그런데 말이야, 그 녀석들은 그 많은 식량 창고를 다 기억 못해. 그래서 어떤 건 땅에 그대로 묻혀 있게 돼. 땅에 묻힌 밤이나 도토리는 싹을 틔운단다. 우리 집 뒤란어도 그렇게 해서 싹을 틔운 밤나무가 많아. 바로 그 밤나무가 자라면 우리 강아지도 따 먹을 테니까……."

하시며 달궁달궁 흔들면서 재우기 시작하셨다.

젖

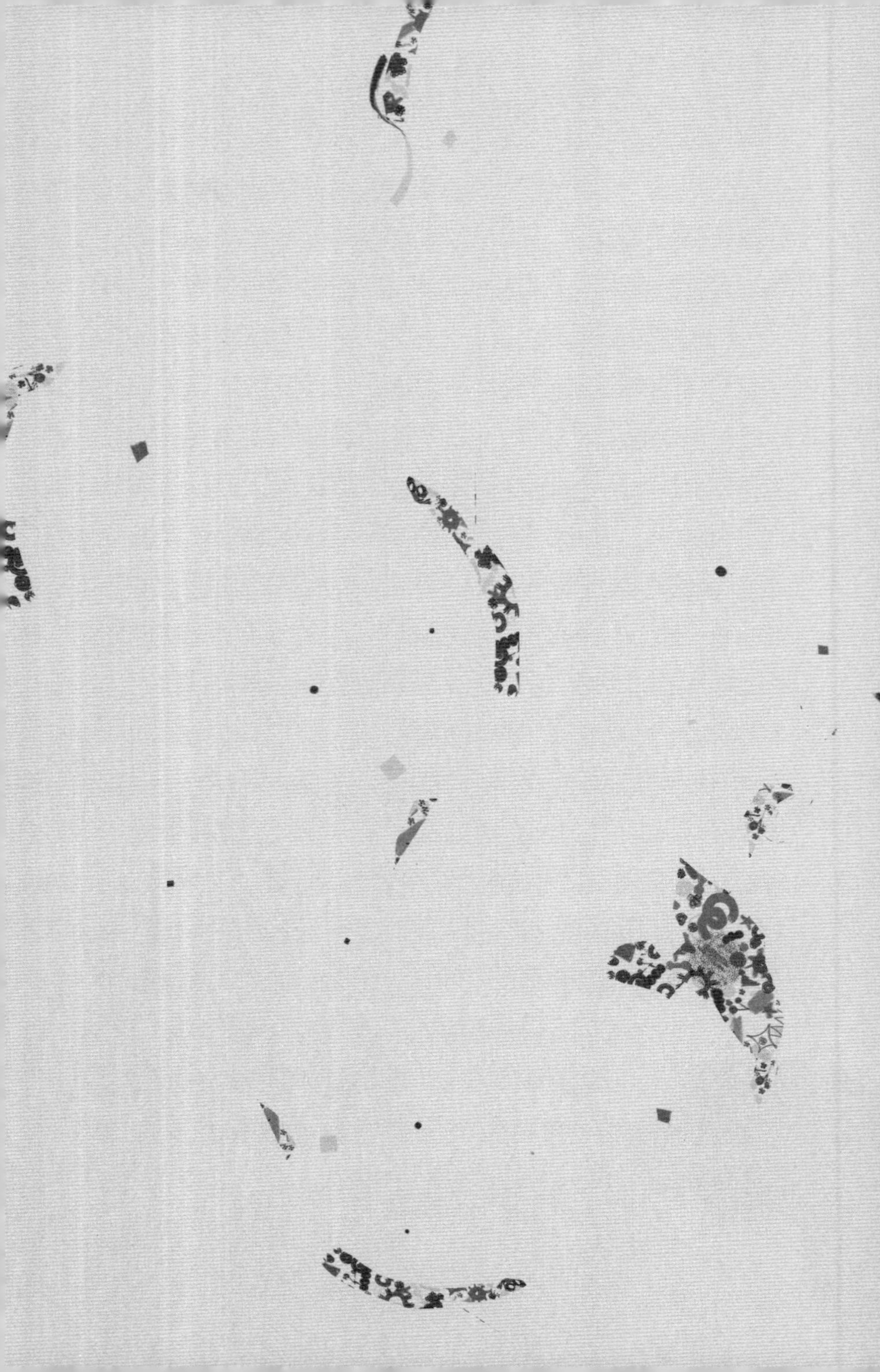

천도제

도랑물이 얼음 껍질을 벗어던지고 졸졸졸 흐른다. 확실히 겨울도 끝물이다. 허나 바람의 서슬은 여전히 사납다. 당산나무 우듬지에 자리한 까치집에서 쉬고 있는 해님도 추워 보인다.

쩐 투윗의 깜냥으로 보건대 오후 4시가 가까웠다. 시어머니가 떠오른다. 팔십이 넘도록 기름 한 방울 치지 않고 마구 부려먹었는지라 제멋대로 휘어지고 구부러진 뼈대밖에 남지 않은 시어머니의 형상이 오늘따라 또렷하다.

"오늘은 꼭 2시까지 오너라. 괜히 다른 사람들 만나지 말고. 내 말 명심해라."

시어머니는 오전에 남편 병문안을 가는 쩐 투윗에게 그 말을 두 번이나 되풀이하였다. 목소리는 낮고 부드러워도 한마디 한마디에 가시가 숨어 있다. 당연히 쩐 투윗도 2시 전에는 돌아오려고

서둘렀으나 그게 맘대로 되지 않았다.

쩐 투윗의 눈동자 속에 들어 있는 세상이 불안하게 흔들렸다.

쩐 투윗은 집으로 통하는 골목길 어귀에서 멈칫하였다. 집 뒤쪽 교회당 언저리에서 서성거리는 홍애 언니가 눈에 잡혔다. 순간 가슴속에서 무엇인가 쿵 하고 떨어졌다.

"아이고, 맙소사! 설마 홍애 언니가…… 설마…… 눈치챈 건……."

쩐 투윗은 베트남 말로 중얼거리면서 발을 굴렀다. 홍애 언니가 그 비밀을 알았다면 끝장이다. 8년 전에 이장님하고 국제결혼을 한 홍애 언니는 중국 교포다. 홍애 언니는 큰 키에다 복성스러운 얼굴이라서 첫인상에 대한 점수를 후하게 받았으나, 입이 싸고 말치레를 너무 남발하여서 마을 사람들한테 신뢰를 받지 못했다.

집 뒤쪽 언덕에는 일제 시대에 생겨난 교회당이 간당간당 버티고 있다. 말이 교회당이지 이미 십자가도 내려진 상태였고, 지금은 쩐 투윗의 남편이 허드레 창고로 쓰고 있었다.

홍애 언니는 그 교회당을 기웃거리다가 내려왔다.

"홍애 언니, 안녕하세요?"

쩐 투윗이 잔뜩 긴장하면서 물었다. 가슴이 계속 콩닥거렸다.

"아, 은영 씨…… 신랑한테 갔다 오는구나. 신랑은 좀 어때?"

홍애 언니는 쩐 투윗의 한국 이름을 부르면서 물었다.

쩐 투윗은 저도 모르게 한숨 뭉치를 토해냈다.

"예에, 어제보다는 더 좋아졌어요. 내 이름도 불렀고, 유진이 이름도 불렀어요."

"그래, 목숨을 건진 것간 해도 다행이지 뭐. 나는 돌아가시는 줄 알았어. 오늘은 날이 확 풀려서 그냥 산에 좀 갔다 오는 길이야. 산이 높지는 않아도 좋더라. 은영 씨도 다음에 나랑 같이 한번 가자. 오다가 교회당을 봤는데…… 집터로 끝내주네. 저것 허물고 2층으로 목조 집이나 지었으면 좋겠다. 저 교회가 누구 소윤지 모르겠네. 알아봐야겠어."

쩐 투윗은 숨을 죽이며 홍애 언니의 말을 듣기만 하였다. 홍애 언니는 더 이상 다른 이야기를 보태지 않았다. 쩐 투윗은 속으로 안도의 한숨을 내뱉었다.

쩐 투윗은 홍애 언니가 사라지는 걸 보고서야 골목으로 들어섰다.

시어머니는 마당에서 기다리고 있었다. 쩐 투윗이 인사를 해도 외면하고 마른침만 연달아 뱉어냈다.

"너 바른대로 말해라! 누굴 만나고 왔냐? 그러지 않고서야 시어미 말을 이렇게 먹어버릴 수가 없지. 내가 2시까지 꼭 오라고 했냐 안 했냐?"

시어머니의 카랑카랑한 목소리가 쩐 투윗의 가슴을 긁어댔다.

"죄송해요, 어머니."

"말해봐라. 대체 언 놈들을 만나고 온 것이냐? 베트남 년들을 만나고 온 것이냐? 이제 서방이 죽어가니까 어서 도망치라고 하더냐?"

"어머니, 저, 절대 도망 안 가요!"

"니가 다른 베트남 여자랑 냉면을 먹었다는 것도 다 안다."

쩐 투윗은 숨이 막혔다. 오늘 오전에 네 명의 마을 사람들이 남편 병문안을 왔다. 그중 누군가가 티안깜이랑 점심 먹는 모습을 보고 시어머니에게 고자질을 한 모양이다. 이런 일이 한두 번이 아니라서 별로 놀랄 일은 아니지만 그래도 맥이 빠진다.

쩐 투윗은 병문안 온 티안깜이랑 병원 지하식당에서 점심을 먹었을 뿐이라고 변명했다.

"그래, 그 베트남 년이 뭐라고 하더냐? 어서 도망치라고 하더냐? 그리고 흉악한 중놈들 푸닥거리하는 데를 뭣 하러 갔냐?"

이장님도 고자질했구나. 쩐 투윗은 아까보다 더 숨이 막혔다.

쩐 투윗은 시어머니의 입에서 나온 말들을 하나하나 되새김질하였다. 아직도 한국말을 자유자재로 풀어놓지는 못하지만 이제는 이해하지 못하는 말은 거의 없다. 간혹 모르는 말이 나와도 대충 감으로 그 뜻을 맥 짚을 수 있었다. 쩐 투윗은 시어머니 입에서 튀어나온 '흉악한 중놈들'이라는 말이 너무 무서워서 뒤로 한 발 물러났다.

"너 처음 시집올 때 내가 뭣이라고 했냐? 왜 예수님을 믿어야 하고, 왜 부처님을 믿으면 안 되는지 말했냐 안 했냐? 너희 나라는 부처님을 많이 믿기 때문에 나라가 가난한 것이여. 봐라, 부처님 믿는 나라들 중에서 부자 나라가 있는지? 다 가난뱅이들이지. 봐라, 예수님 믿는 사람들 중에서 가난한 나라가 있는가? 세계에서 제일 잘사는 미국도 예수님 믿는 나라다. 우리나라도 예수님 믿어서 이만큼 사는 것이여. 그런데 무슨 정신으로 중놈들 푸닥거리 하는 데는 가서 박수치고 있었냐? 이제 보니까 니가 진심으로 예수님을 믿지 않으니까 아범한테도 이런 일이 일어난 모양이다. 거짓으로 예수님을 믿으니까 벌을 주신 모양이야."

쩐 투윗은 억울했다. 자신이 예수님을 어느 정도 믿는지 그건 몰라도 아직까지 거짓으로 기도를 해본 적이 없다.

"니가 아무리 거짓말 쳐도 예수님은 다 안다! 못된 것 같으니라고……. 그것 이리 내놔!"

시어머니가 쩐 투윗의 손에 들린 비닐봉지를 낚아채서 마당에다 내동댕이쳤다. 비닐이 터지고 플라스틱 우유통 세 개가 굴러나왔다.

"참말로 별일이네. 대체 누굴 주려고 날마다 우유를 정성으로 사 나를까. 어제도 그제도…… 그 많던 우유를 대체 어디다 뒀냐? 니가 먹었냐? 그래서 돼지처럼 살만 찌는 것이냐? 어서 말해봐라! 유진이는 요새 밥을 먹어서 우유도 많이 안 먹는데……."

쩐 투윗의 입은 이미 굳어버렸다.

"이것이 아주 독한 년이네, 독한 년이여!"

시어머니는 축사 앞에 있는 삽자루를 끌고 오더니, 당신의 온

무게를 실어서 우유 통을 내리찍었다. 쩐 투윗은 하마터면 비명을
지를 뻔했다. 우유가 사방으로 튀었다. 시어머니의 얼굴에도 수십
방울이 달라붙었다.

"내가 눈을 시퍼렇게 뜨고 있는 한 절대 안 된다! 도망치려면
나를 죽이고 가야 쓸 것이여, 나를 죽이고⋯⋯."

1

쩐 투윗은 오늘 낮에 남편 병문안을 온 티안깜이랑 냉면을 먹
었다.

10년 전에 한국으로 시집온 티안깜은 이제 한국 사람보다 한국
말을 더 잘 주물럭거렸으며, 한국 사람보다 한국 노래를 더 맛깔
스럽게 불렀다.

"이제 어떡할래?"

병원 지하식당이라 사람들이 바글거렸다. 그래선지 티안깜은
한국 사람들이 해독할 수 없는 베트남 말을 다소 크게 뱉어냈다.
티안깜의 눈동자 속에는 벌써 두 달이 넘도록 병원에서 산송장
노릇을 하고 있는 남편이랑 사악한 마녀 같은 시어머니랑 평생
어떻게 살아갈래, 하는 절망에 가까운 근심이 섞여 있었다.

"봐라, 당신 아들이 입원하자마자 며느리 핸드폰이며 주민등

록증까지 다 압수해버리는 시어머니를. 이건 아니지. 소름이 끼친다. 그런 곳에서, 서로 믿지를 못하고 어떻게 살겠다는 것인지……. 네가 무슨 노예니? 하도 네가 전화도 안 받고 해서 병원으로 찾아온 거야."

쩐 투윗은 아무런 대거리를 할 수가 없었다.

"나도 우리 신랑 안 믿어. 우리 신랑부터가 날 안 믿는데 뭐. 겉으로는 자가용까지 사주면서 되게 위해주는 척하지만 속내는 안 그래. 지난 연말에 카드 값이 처음으로 40만 원 정도 나왔는데, 어찌나 면박을 주는지, 카드도 압수를 하더라고. 내가 한국 여자였다면 절대로 못 그러지. 한국 남자들, 한국 여자들한테는 꼼짝 못하는 거 알지? 모처럼 친정 식구들한테 선물 좀 하려고 그런 건데……. 난 신랑이 무슨 통장을 가지고 있는지…… 아무것도 몰라. 그냥 애 낳아주고 밥해주는 기계야. 그래서 내가 벌겠다고 했어. 내가 베트남에서 간호사를 했기 때문에 운이 좋게도 병원에서 일을 할 수 있게 된 거야."

쩐 투윗은 좀 뜻밖이었다. 티안깜은 제법 좋은 자가용까지 몰고 다녀서 베트남에서 온 사람들 사이에서는 부러움의 대상이었고, 늘 새물새물 웃는 얼굴이라서 한국 생활에 만족하고 있는 줄 알았는데 그게 아니었다는 사실을 알고 나자 입안에서 씹어대는 냉면이 썼다.

티안깜 뒤쪽에서 여고생으로 추정되는 둘이 깔깔거리면서 냉면을 먹고 있었다. 쩐 투윗하고 비슷한 또래였으나 한쪽은 이미 아이를 낳은 완벽한 어미였고, 한쪽은 아직도 어미에게 온갖 투정을 부리면서 사춘기를 보내고 있는 소녀들이었다. 그녀들이 받아들이는 세월의 무게는 그렇게 달랐다.

쩐 투윗이 3년 전 한국에 왔을 때 열아홉 살로 되어 있었으나 실제 나이는 열여섯이었다. 10년 전에 알 수 없는 병으로 생을 마감한 언니의 호적 정리가 되지 않아서 그런 편법이 가능했다. 그러니까 쩐 투윗은 열다섯에 선을 보았고, 열여섯에 시집와서 열여섯 끝물에 아이를 생산해서 그런지 그 여학생들처럼 얼굴에서 풋내가 나지 않았다. 그래도 웃을 때는 어린 티가 나기는 했지만, 웃음만 사라지면 도무지 나이를 가늠할 수 없었다. 스무 살 안쪽으로 보는 사람은 드물었고, 대부분은 이십 대 후반이나 삼십 대 초반까지 예측하였다.

작년 여름까지 읍내에 살다가 가을쯤에 G광역시로 이사한 티안깜은 쩐 투윗보다 열한 살이나 많은데도 불구하고 친구로 보일 만큼 어려 보였다. 키도 크고 날씬했으며 피부도 우윳빛이었다.

베트남 고향 마을 근처에서 온 티안깜은 쩐 투윗을 친동생처럼 챙겨주었다. 그래도 쩐 투윗은 남편이 사고를 당한 뒤로 일부러 티안깜하고 거리를 두었다. 괜히 만났다가 마을 사람들 눈에 띄면 틀림없이 시어머니 귀까지 그 소식이 들이닥칠 게 뻔했고, 안 그래도 아들 때문에 예민해져 있는 시어머니가 어떻게 나올지 겁이

나기도 했으며, 티안깜의 지나친 걱정이 자신에게 별로 도움이 되지 않는다고 판단했다.

쩐 투윗은 티안깜이 냉면 그릇을 다 비울 때까지 기다렸다가 입을 열었다.

"언니, 난 포기하지 않아. 우리 신랑은 반드시 일어날 거야. 난 베트남에서 올 때……."

쩐 투윗은 은연중에 신혼 첫날밤 썼던 일기를 떠올렸다. 이곳이 제2의 고향이라고, 여기서 자신의 살을 묻겠다고 맹세하고, 살겠다고, 살아보겠다고, 버티어보겠다고, 늙어보겠다고, 묻혀보겠노라고…… 그렇게 쩐 투윗은 아버지보다 두 살 어린, 자기보다 스물네 살이나 많은 신랑을 맞이하였다. 그런 기억을 떠올리자 쩐 투윗은 자꾸만 비장해졌다.

그 말을 들은 티안깜은 하고 싶은 말을 꾹 참았다. 티안깜은 간호사라서 그 누구보다도 쩐 투윗 남편의 상태에 대해서 잘 알고 있었다. 티안깜은 쩐 투윗이 원하기만 하면 어디론가 도피를 시킬 작정이었는데, 당당하게 브딪혀보겠다는 그녀의 눈빛을 보자 한편으로는 대견스러우면서도 한편으로는 안쓰러워서 쳐다볼 수가 없었다. 티안깜은 힘내라고 손을 흔들어주었다. 그렇게 두 사람은 헤어졌다.

2

쩐 투윗은 심하게 차멀미를 하였다. 아직까지 차멀미에 시달려 본 적이 없다. 동생들은 한국산 중고 트럭 똥구멍에서 내뿜는 소화되지 않은 경유 냄새를 맡을 때마다 토악질을 하였으나 쩐 투윗은 그런 냄새조차 고소했다. 아들 유진이를 임신했을 때도 입덧 한 번 제대로 하지 않았는데, 하도 어지러워서 눈을 감고 있다가 마을 정류장을 놓쳐버렸다. 버스는 산허리를 돌고 돌아서 강 건너 마을까지 가버렸다. 쩐 투윗이 사는 마을에서 단숨에 뛰어갈 수 있는 거리였으나 강물이 발길을 막아버려 실제로는 아주 먼 곳이었다.

쩐 투윗은 심란했다. 버스를 타고 가자니 한 시간이나 기다려야 했고, 걸어가자니 산길로 족히 삼사십 분은 발품을 팔아야 했다. 쩐 투윗은 핸드폰을 생각하고 호주머니 속으로 손을 집어넣었다. 늘 그곳에 있어야 할 핸드폰이 없다. 호주머니 속에는 동전 몇 닢이랑 마트에서 준 물건 구매했다는 영수증이랑 몽당연필 한 자루 그리고 병원에서 남편이 준 팩에 든 두유 하나가 잡힐 뿐이다.

남편이 입원하자마자 시어머니는 주민등록증이랑 핸드폰을 압수하였다. 시어머니가 내린 첫 번째 비상조치였다.

"니가 기분 나빠 해도 어쩔 수 없다. 내가 왜 이러는지 너도 잘 알 것이다. 나를 모질다고 해도, 몹쓸 년이라고 욕해도 어쩔 수 없다. 난 이렇게 할 수밖에 없다."

쩐 투윗은 시어머니한테 자신을 믿어달라는 말을 하지 않았다. 그 늙은 인간을 그녀는 힘으로든 지혜로든 돈으로든 그 무엇으로든 당해낼 수 없었다. 시어머니는 다급했다. 아들이 입원하자마자 모든 은행 통장까지 다 숨겨버렸다.

그래도 쩐 투윗은 시어머니를 미워하지 않았다. 아직까지는 버틸 수 있었다. 아직까지는 희망을 놓지 않고 있었다. 아직까지는 경계를 넘어서고 싶다는 생각을 해본 적이 없었다. 오늘도 어제도 그제도…… 쩐 투윗은 남편에게 그런 눈빛을 심어주고 왔다. 오직 시어머니만이 믿지 않았다. 아니, 시어머니가 모시는 신이 믿으라고 해도 그건 불가능한 일이었다. 그만큼 시어머니는 절박했다.

쩐 투윗은 그런 시어머니보다 더 절박하다고 소리치고 싶었다. 시어머니한테 아들과 손자가 있다면, 쩐 투윗에게는 남편과 아들뿐만 아니라 에이즈에 걸려 있는 부모님과 동생들이 주렁주렁 달려 있다. 쩐 투윗은 차마 그런 사연을 남편에게도 읊조릴 수가 없었다. 이곳에서 살고 있는 베트남 친구들도 그녀의 깊은 집안 내력은 모른다.

쩐 투윗은 허청허청 걷다가 폐쇄된 방역 초소를 보았다. 이제는 더 이상 소독약을 뿜어대지도 않는다. 방역 초소가 제 임무를 완수하여 쉬고 있는 거 아니다. 더 이상 생매장할 영혼들이 존재하지 않기 때문이다.

오랜 옛날부터 사람들이랑 한 운명으로 살아온 소나 돼지들은 모두 저 들에 묻혀버렸다. 개들도 살아남지 못했다. 개들은 구제역하고 상관이 없는데도 바이러스를 옮길 수 있다는 죄목으로 발굽이 달린 동물들이랑 같은 신세가 되었다. 그렇다면 쥐나 새들의 목숨도 모두 끊어야 한다. 살아 있는 모든 것들의 숨소리를 없애야만 한다. 인간들도 안심할 수 없다.

쩐 투윗은 자신이 구제역에 걸린 꿈을 몇 차례나 꾸었다. 빨갛게 충혈된 자신의 눈을 보고 놀라서 집 뒤쪽 교회당으로 도망친 다음 손가락을 내려다보니까, 어느새 손가락이 짓물러지면서 손톱이 떨어져나갔다. 사람들이 손가락질하면서 쩐 투윗을 쫓아왔다. 쩐 투윗은 달아나다가 다리가 새끼줄처럼 꼬여 앞으로 쓰러지면서 깨어나곤 하였다. 그런 꿈을 꾸고 나면 마을 사람들을 만나는 것조차 겁이 났다.

쩐 투윗은 찻길을 따라 100여 미터 가량 걸어가다가 강물을 가로지르는 섶다리가 있다는 사실을 떠올렸다. 지난 가을에 윤 씨랑 남편이 놓은 다리였다. 왜 그 생각을 못했을까? 쩐 투윗은 자신을 타박하다가 다시 머리를 흔들었다.

그 섶다리를 건너면 소 무덤이 나온다. 소 260마리와 염소 300여 마리 그리고 60여 마리의 개들이 한꺼번에 썩어가고 있으리라. 쩐 투윗네 소들도 그곳으로 사라졌다. 소가 묻힌 뒤로 아직 한 번

도 그곳에 가보지 못했다. 아니 가볼 엄두도 내지 못했다. 생각만
해도 비위가 상하면서 토악질이 나오려고 하였다.

3

쩐 투윗은 다시 망설이다가 꼭 꿈속에서 거슬러 올라오는 듯한
소리를 들었다. 바라 소리였다. 섶다리 근처였다. 쩐 투윗은 저도
모르게 그쪽으로 발을 옮겨 갔다. 해토머리라서 속살까지 물러진
논두렁을 질러가다 보니 섶다리 왼쪽 강변에 많은 사람들이 모여
있었다.

쩐 투윗은 사람들 눈에 띄지 않도록 천천히 다가갔다. 다행히
도 그곳에 모여 있는 사람들은 쩐 투윗을 별로 의식하지 않았다.
쩐 투윗은 사람들 뒤쪽으로 가서 아는 얼굴이 있는지 한 사람씩
훑어보았다. 맨 앞줄에는 대여섯 명의 스님들이 앉아 있었고, 그
뒤에는 평상복 차림의 사람들이 앉아 있었다. 쩐 투윗은 그 사람
들을 한 사람씩 훑어가다가 윤 씨를 보았다. 분명히 윤 씨였다. 윤
씨 외에는 아무도 아는 얼굴이 없었다.

흔히 털보라고 부르는 윤 씨는 5년 전에 이 마을로 들어온 외
지인이다. 아내랑 자식들은 도시에 남겨두고 자신의 돈뚱어리만
쏙 뽑아서 나온 상태라서 비교적 편안하다고 하였다. 그는 쩐 투

윗네 마을에서 200여 미터 떨어져 있는 강변에다 컨테이너 집을 짓고 염소들이랑 살았다. 물론 이번 구제역으로 그가 키우는 염소 300여 마리도 모두 생을 마감하였다. 게다가 그의 집 바로 앞에다 이 마을에서 죽은 모든 소들을 묻었다. 그는 매몰지가 결정 나자 이장님한테 항의를 하고 마을 사람들에게 하소연을 하였으나 우군은 거의 없었다. 딱 한 사람, 쩐 투윗의 남편이 유일한 우군이었다. 하지만 남편도 노골적으로 윤 씨를 두둔하면서 나설 수는 없었다. 윤 씨는 그런 남편을 이해했다. 둘은 살아온 세월의 무게도 비등비등하고, 나이가 들어서야 농촌으로 들어온 이력도 비슷했다. 깡마르고 호리호리한 체구까지 빼다박은 두 사람은 마음까지도 잘 통했다.

쩐 투윗은 반가워서 인사라도 하려고 했으나 그쪽으로 갈 수가 없었다.

강을 바라다보고 정면으로 병풍이 쳐져 있었고, 병풍에는 소랑 돼지랑 염소랑 닭이랑 오리들이 그려져 있었다. 병풍 앞 제단에는 배추랑 무랑 당근이랑 호박 오이가 차려져 있었다.

쩐 투윗은 고개를 갸웃하였다. 대체 뭘 하는 건지 알 수가 없었다.

스님 한 분이 동물들 그림 앞에서 술을 따르고 큰절을 올렸다. 다른 사람들도 그 스님을 따라서 절을 올렸다.

절을 마친 스님이 염불을 한참 동안 읊조리더니, 이번에는 또렷하게 말했다.

"……소, 닭, 돼지, 염소, 오리…… 오랜 세월 인간이랑 같이 살아온 보살님들이여, 우리 어리석은 인간들을 용서하소서. 인간의 무지와 탐욕이 이런 끔찍한 재앙을 불러왔습니다. 소, 닭, 돼지, 염소…… 오랫동안 인간의 살과 영혼이 되어온 보살님들이여, 부디 우리 인간들의 어리석은 탐욕을 용서하시고, 원망을 푸시고, 다시는 인간들의 가축으로 태어나지 마십시오……. 자, 그러하니 모든 원한과 근심을 다 내려놓으시고 편안하게 떠나가십시오. 그리고 이 사바세계에 다시는 나타나지 마십시오……."

물론 쩐 투윗은 스님의 말을 다 이해할 수는 없었다. 다만 그 사람들이 구제역이랑 조류독감으로 죽어간 동물들을 위해서 제사를 지내고 있다는 것을 알았고, 저도 모르게 경건해졌다. 죽은 것들을 위해서 제사를 지낼 수도 있구나. 그런데 정작 소나 돼지를 잃은 마을 사람들은 윤 씨 외에는 보이지 않았다. 강 건너 마을 사람들도 볼 수 없었다. 이런 일이라면 다 같이 참여해서 명복을 빌어주면 좋을 텐데, 하고 중얼거리다가 뒤돌아보았다. 이장님이 10여 미터 뒤에서 이쪽을 바라다보고 있었다.

쩐 투윗은 이장님 쪽으로 걸어갔다.

이장님은 쩐 트윗이 가까워지자 눈부터 흘겼다.

"제수씨, 왜 거기 갔어요? 어서 오세요. 그 사람들이랑 같이 있으면 큰일나요. 아주 두서운 사람들인데……."

쩐 투윗은 '큰일나요', '무서운 사람들'이라는 말을 다시 곱씹으면서 갸우뚱하였다.

"이장님, 왜요? 저기 윤 씨도 계시는데……."

이장님이 헛기침을 하고는 쩐 투윗을 유심히 쳐다보았다.

"참 제수씨도…… 윤씨는 우리랑 다른 사람이고……. 좌우지간 모르면 그런 데 가지를 말아요. 저 사람들은 정부 정책에 반대하는 사람들이에요, 데모하는 사람들. 데모 알아? 으 으 , 머리띠 두르고……."

"네, 알아요. 저건 데모 아닌데…… 죽은 동물들 위로해주는 거 잖아요?"

"그러는 척하는 거지, 속셈은 데모하려는 거예요. 뭘 모르면 가만히 있어요. 괜히 저런 데 끼웃거리다가 큰일 나요. 어서 집에 가세요!"

이장님은 어린애를 나무라듯이 말을 하고는 등을 보이면서 걸어갔다.

4

쩐 투윗은 이해할 수 없다고 고개를 갸웃거리다가 강가로 걸어갔다. 알 수 없는 동물들의 발자국이 모래에 새겨져 있었다. 쩐 투윗은 그 발자국이 섶다리로 이어졌음을 알았고, 저 다리를 동물들도 이용한다는 사실을 알았다. 내일 병원에 가면 남편한테 이 이야기를 꼭 해주고 싶었다. 어서 빨리 일어나서 이 섶다리를 건너가자는 말도 꼭 하고 싶었다.

물비린내를 품은 강바람은 뼛속을 시리게 하였다. 이런 강물에다 발을 담고 살아가는 냇버들들이 새삼 위대해 보였다.

쩐 투윗이 섶다리를 건너갈 즈음 다시금 요란하게 바라 소리가 강바람과 함께 사방으로 흩어졌고, 어디선가 날아오른 오리 떼가 사람들 위를 빙글빙글 갬돌았다.

쩐 투윗은 강둑으로 올라섰다. 항상 이곳에서 텃세를 부리며 지나가는 사람들을 뿔로 막고 심통을 부리던 윤 씨네 염소들이 떠올랐다. 강둑에는 깡다구 있는 염소 한 마리 볼 수 없었고, 커다란 푯말들이 군데군데서 점령군 행세를 하고 있었다.

경 고

G시-120호

가축 전염병	구제역
가축 및 물건	소 260두, 염소 300두, 개 63두
매몰 기간	2010년 12월

이 지역은 가축 전염병 발생에 따른 살처분축 매몰 지역으로 불법 훼손 시 가축 전염병 예방법에 의거 처벌됩니다…….

　용감한 것인지 미련한 것인지, 까치 두 마리가 소 무덤 위로 솟아 있는 가스 배출구에 앉아 있었다. 쩐 투윗은 어서 날아가라고 손짓하면서 빠르게 걸었다. 소 무덤을 지나칠 때는 쳐다보지 않으려고 눈을 감기도 하였고, 썩은 냄새가 달려들까 봐 코로 숨도 쉬지 않았으며, 그날 죽어가던 소 울음소리가 환청으로 되살아나자 귀까지 막았다.

　쩐 투윗은 찻길을 따라 당산나무가 있는 곳으로 걸어갔다. 새끼줄이랑 하얀 천을 가지 곳곳에다 매달고 있는 느티나무를 보자 눈시울이 뜨거워졌다. 시어머니보다 수백 년을 더 살아온 저 나무 앞에서 실컷 울고 싶었다.

　쩐 투윗은 마을 사람들이 교회에도 나가고 절에도 나가지만 저 나무를 함부로 하지 않는다는 사실을 잘 알고 있었다. 그래서 해마다 정월이 되면 마을 사람들이 저 나무 앞에다 조촐하게 제상을 차려놓고 절을 했으며, 저 나무 주위에다 온갖 새 모양의 솟대를 만들어서 꽂아두었다.

　이 마을뿐만 아니라 다른 마을도 비슷했다. 한국의 마을 앞에는 어딜 가나 사람들이 모시는 당산나무가 있었다. 모든 종교를 초월해서 마을 앞에 있는 나무 신을 모신다는 것이 뜻밖이었다.

　쩐 투윗은 베트남에서 살 때도 특별한 종교를 갖지 않았다. 다만 부모님이 그렇듯이, 부모님의 부모님이 그렇듯이, 살아 있는 모든 것들은 혼이 있으며 생명은 돌고 돈다는 부처님의 말씀을

간직하고 있을 뿐이었다.

쩐 투윗은 마을 앞에 이런 나무가 있어서 좋았다. 이런 나무가 있어서 한국의 농촌이 낯설지 않았다. 이런 나무가 있어서 한국의 사람들이 무섭지 않았다. 이런 나무가 있어서 한국 사람이랑 베트남 사람이랑 많이 다르지 않다는 것을 알았다. 시어머니가 쩐 투윗의 의견도 묻지 않고 교회로 끌고 갔을 때도, 이 나무 옆을 지나쳐서 가는 길이라서 편안하게 갈 수 있었다.

쩐 투윗은 당산나무한테 큰절을 수십 번이나 올린 다음 중얼거렸다.

"당산나무 신이시여…… 비나이다, 우리 착한 신랑님을 보살펴주십사요. 우리 착한 신랑님을 제발 일어나게 해주십사요. 우리 신랑님은 꼭 일어나야 합니다. 그래서 시어머니랑 우리 아들이랑 다 같이 잘살아야 합니다. 우리 신랑님은 아주 착합니다. 평생 죄 안 짓고 살았습니다. 교회에도 잘 나가고, 남을 미워하지도 않았습니다요. 제발 우리 신랑님을 다시 건강하게 해주십시오. 당산나무 신이시여, 저도 시어머니 미워하지 않을 겁니다. 맹세합니다. 저 절대 도망 안 갑니다. 그러니 저 믿고 제발 우리 신랑님 건강하게 해주십사요. 네에, 제발 제발……."

쩐 투윗의 얼굴로 눈물이 흘러내렸다. 쩐 투윗은 손으로 눈물을 다스리고 털썩 주저앉는다. 울 수만 있다면 눈물이 저 강에 닿도록 울어대고 싶다.

쩐 투윗도 강변 마을에서 자랐다. 한국 사람들은 메콩 강이라고 부르지만 쩐 투윗네 고향 사람들은 구룡강이라고 부른다. 구룡강은 언제나 황톳물이다. 쩐 투윗은 세상 모든 강들이 황톳빛인 줄 알았다. 강은 황톳빛이어야만 건강한 줄 알았다. 그래서 맨 처음 갈맷빛인 한국의 강을 보고, 강이 죽었어요 하고 말할 뻔했다. 물고기들이 살아 있는 걸 보고서야 죽은 강이 아님을 알았다. 똑같은 강이라고 해도 이렇게 다르다는 걸 알았다. 한국의 강도 비가 내리면 황톳빛으로 변했다. 비가 그치면 한국의 강은 하늘을 품었고, 하늘색으로 변했다. 한국의 강은 하늘을 많이 닮았다.

쩐 투윗은 당산나무를 보았다. 대체 몇 살이나 먹었을까. 500살? 아니면 1000살? 얼마나 기도를 많이 했으면 그렇게 많은 세월을 살고도 아직까지 푸르를 수 있을까. 새삼 저 나무가 거룩해 보인다. 이 나무가 소원까지 들어줄까, 베트남까지 영적인 힘이 미칠까. 쩐 투윗은 제발 그랬으면 좋겠다고 소리 내어 말을 하면서 빌고 또 빌었다.

티안깜이랑 헤어진 뒤에 피시방에 들렀던 기억이 떠올랐다.

"쩐 투윗, 저 피시방하고도 친해져야 해. 가끔씩 가서 하는 방법도 알아놔야 해. 피시방에만 가면 세계 어디든 통할 수 있는 인

터넷이 있어. 여기는 G광역시 근처이기는 해도 우리 베트남 고향
만큼 시골이야. 한국 농촌은 대단히 보수적이고 폐쇄적이라서 어
떤 일을 당할지 몰라. 만약 핸드폰 뺏기고 맘대로 친구들한테 연
락할 수 없는 상황이 생기면 저 피시방을 이용해. 물론 우체국 같
은 곳을 이용해도 되지만, 거기는 아는 사람들을 만날 수 있으니
까 오히려 피시방이 더 나아. 거기서 이메일을 해도 되고, 우리 친
구들 카페에 와서 소식을 알려도 되고……."
　한국살이가 3개월쯤 되었을까. 이 지역에서 사는 베트남 사람
들의 모임에 갔다가 알게 된 티안깜은 피시방을 보자마자 그렇게
귀띔해주었다.
　쩐 투윗은 그런 티안깜이 너무 고마웠다. 그렇지 않아도 쩐 투
윗은 맘대로 컴퓨터를 할 수가 없어서 답답하던 처지였다. 집에
컴퓨터가 있기는 해도 시어머니가 통제를 하였다. 시어머니는 컴
퓨터를 할 줄은 몰라도, 그놈을 통해서 우주와 지옥까지라도 연락
이 가능하다는 사실을 알고 있었다. 그래서 아들한테도 저놈의 컴
퓨터가 사람을 망가트린다면서, 어서 컴퓨터를 없애버리라고 무
시로 타박하였다.
　쩐 투윗은 남편이 없을 때는 컴퓨터를 켤 엄두도 내지 못했다.
그런 사정을 잘 아는 남편은 일부러 컴퓨터를 켜놓고는 이것저것
하는 척하다가 슬그머니 쩐 투윗에게 자리를 비켜주었다. 그래도
시어머니의 눈치가 보이기는 마찬가지였다. 남편은 이메일이라도

마음 놓고 주고받을 수 있도록 스마트폰을 사주겠다고 약속했다. 남편은 그런 말을 한 지 딱 일주일 만에 병원에 누워버렸다. 그때부터 쩐 투윗은 컴퓨터 근처에도 갈 수 없었다.

쩐 투윗은 컴퓨터로 친정 식구들이랑 편지를 주고받는다. 그 편지를 프린트하여 시어머니한테 읽어주기도 하였다. 쩐 투윗의 어머니는 늘 시어머니의 안부부터 물었고, 시어머니한테 잘하는 것이 효도라고 하였다. 그런 말을 듣고도 시어머니는 컴퓨터 앞에 앉은 쩐 투윗에게 관대해지지 않았다.

남편은 친정 부모님을 한국으로 초대하고 싶어 했다. 그런 남편이 고마웠지만 쩐 투윗은 친정 부모님을 한국으로 모실 수가 없었다. 그 아픔을 아직은 남편에게 털어놓지 못했다.

쩐 투윗의 어머니는 에이즈 바이러스가 당신의 몸속으로 몰래 숨어든 줄을 몰랐다. 우연히 의료봉사 나온 스웨덴 의사들이 어린 동생들의 피를 검사하고는 에이즈에 감염이 되었다고 하자, 어머니는 황당한 눈빛으로 믿지 않으려고 하였다. 그로부터 며칠 뒤 두 자식들에게 치명적인 바이러스를 전파시킨 장본인이 어머니 자신이라는 사실이 밝혀진 뒤에도 그런 사실을 받아들이지 못해서 꺼억꺼억 울었고, 칼로 손목을 그으면서 자해 소동을 벌이기도 하였다. 며칠 뒤 어머니는 당시 열세 살이었던 쩐 투윗에게 당신의 아픈 과거를 고해성사하였다.

"쩐 투윗, 너도 이제 클 만큼 컸으니까 솔직하게 말할게. 네 아빠는 나보다 더 좋아하는 여자가 있었어. 나랑 결혼한 것도 부모님 때문이었지. 그래서 결혼한 뒤에도 늘 밖으로만 나돌았어. 나는 그게 너무 마음이 아프고 자존심도 상했지만, 아이를 낳으면 달라지겠지 하는 생각으로 참았어. 그러다가 언니와 너를 낳았는데, 그래도 아빠는 바뀌지 않았어. 그럴 때 그 사람이 나타난 거야. 내가 어렸을 때 짝사랑했던 동네 오빠였는데, 자동차 기술 배운다고 하노이로 나간 뒤에는 소식이 끊겼졌다가 다시 나타난 거야. 그 오빠는 무슨 이유인지는 몰라도 그때까지 결혼을 하지 않았더구나. 나는 그 오빠한테 다시 빠져버렸단다. 그런데 어느 날 아무런 말도 없이 사라져버렸어. 나는 그 오빠 소식을 알아보려고 애를 썼지만 알 수 없었고, 몇 년 뒤에 네 동생들이 줄줄이 들어선 거야. 그랬어. 그런데 그 몹쓸 병이…… 그 오빠가…… 아, 이제 어쩌니?"

이제 어쩌니, 하는 물음표를 받아 안기에는 쩐 투윗이 너무 어렸다.

아버지도 에이즈에 걸려 있었다.

"이것이 다 나 때문이야."

아버지는 모든 것을 체념한 눈빛이었다. 쩐 투윗은 그때 처음으로 생에 지쳐버린 사람의 표정을 보았다. 사람이 늙어서 죽을 수는 있어도 지쳐서 죽어서는 안 된다는 생각도 그때 처음으로

하였다. 지쳐버리게 되면 모든 것을 포기하게 되고, 원망도 절망
도 희망도 사라져버린 얼굴로 그저 하루하루를 땜질하듯이 살아
가게 된다. 그건 살아 있는 게 아니다. 아버지도 그렇게 살고 있었
다. 쩐 투윗을 한국으로 보내면서도 그런 표정이었다. 이제는 지
칠 대로 지쳐버려서, 세상의 옳고 그름이며 자식의 미래조차 생각
하기에 벅차 보이는 눈빛. 그래도 아버지라고 마지막으로 마당을
벗어나는 쩐 투윗에게 희미한 웃음을 보이려고 하였다.

"잘살아라. 자유롭게……."

쩐 투윗은 왜 아버지가 '자유롭게……'라고 읊조렸는지 꼭 묻
고 싶었다.

쩐 투윗이 한국행을 결정한 것도 식구들에게 갑자기 들이닥친
에이즈 때문이었다. 부모님은 그렇다고 쳐도 어린 동생들에게는
날벼락이었다. 아직까지는 동생들 몸속에서 살아가는 에이즈 바
이러스가 평화 노선을 표방하고 있지만, 언제 변해서 공격을 할지
그건 알 수 없었다. 동생들 몸이 약해지거나 면역력이 떨어지거나
하면 지체 없이 공격할 것이다. 그러니까 꾸준히 치료를 받는 수
밖에 없었다. 문제는 돈이었다. 쩐 투윗은 동생에게 아무 걱정하
지 말고 공부만 하라고 하였다. 오직 부모를 잘못 만난 죄밖에 없
는 동생들은 벌써 속이 들었는지 까만 눈을 껌벅거리면서, 괜찮다
고 아무도 원망하지 않는다고 말했다. 그런 동생들이 떠오를 때마
다 쩐 투윗은 가슴이 답답해진다.

6

쩐 투윗이 병원 앞에 있는 피시방으로 들어서자 중학생으로 보이는 알바생이 힐끗 보더니 누구 찾으러 왔냐고 물었다. 쩐 투윗은 컴퓨터를 하러 왔다고 하였다. 알바생이 슬쩍 웃었다. 쩐 투윗은 일부러 알바생하고 눈을 강하게 마주쳤다. 괜히 옆에 와서 얼쩡거리지 말라는 강한 메시지를 전달한 셈이었다. 그런 다음 컴퓨터를 부팅시켰다. 큰동생 홍한테서 메일이 와 있었다.

그리운 누나에게

누나, 잘 지내지? 매형도 잘 계시고? 귀여운 우리 조카 유진이도 잘 있고? 나한테도 조카가 있다니, 꿈만 같아. 엄마 아빠도 유진이 사진 보고 누나 많이 닮았다고, 점점 커갈수록 눈매가 누나 같다고 좋아하셨어.

누나, 근데 요새는 왜 연락이 없어? 부모님이 걱정 많이 하셔. 전화도 안 받는다고 하고, 전화도 안 한다고 하고……. 혹시 무슨 일 있는 거 아냐?

쩐 투윗은 홍한테 온 메일을 읽어나가다가 고개를 들고 눈을 감았다. 눈꺼풀에다 힘을 주었다. 손으로 눈을 눌렀다. 간신히 터져 나오려고 하는 눈물을 막아냈다.

쩐 투윗을 닮은 홍은 작은동생 호앙보다 키가 작다. 아주 작다. 목소리도 여리다. 노래를 잘 부른다. 특히 한국 가수들 노래를 좋아한다. 소녀시대의 노래는 거의 다 외우고 있다. 얼굴도 희고 매끄럽다. 올해 열네 살인 홍은 좀처럼 자기 속내를 드러내지 않는다. 쩐 투윗의 한국행을 끝까지 반대했고, 한국으로 떠나는 날 혼자 강가에서 울었다. 쩐 투윗은 그런 홍을 뒤에서 안아주었다. 한 품에 쏙 들어왔다. 너무 작다. 이렇게 작아서 어떻게 살까, 걱정이 될 정도였다. 쩐 투윗은 홍을 안심시켰다.

"누나가 행복하면 되잖아? 그치? 그이는 다른 한국 남자랑 달랐어. 내가 왜 나를 택했냐고, 더 예쁜 여자들이 많았는데…… 하자, 내 얼굴이 너무 지쳐 보여서 택했대. 너무 안쓰러워서 그랬대. 사실 그랬거든. 난 그때 지쳐 있었어. 너무 많이 딱지를 맞아서……. 누나가 예쁜 건 아니잖아? 키도 작고, 뚱뚱한 편이고. 거기 나오는 여자들은 다들 호리호리하고 예뻐. 그래서 난 한국 남자들에게 선택받지 못할 것이라고 체념하고 있었어. 한 번 두 번…… 선택받지 못하는 일이 되풀이되다 보니 체념하게 되더라고. 그냥 아무나 나를 선택해주기를 바랐지만 번번이 외면당했는데 뜻밖에도 그이가 나를 선택한 거야. 그이는 나한테 그랬어. 비록 당신을 이런 식으로 만났지만, 당신을 돈으로 샀다는 생각은 조금도 하지 않는다고. 그이는 동등하게 한 남자 대 여자로서 만나고 싶다고 했고, 일정 기간 서로를 알고 이해한 다음에 결혼했으면 더 좋았을 것이라고 하면서, 자기를 믿고 열심히 살 마음이 있으면 한국으로 오라고 했어.”

“누나, 내가 보기에도 매형이라는 남자가 진실해 보여. 하지만 한국 남자들이 대부분 우리 베트남 여자들을 돈으로 사 간다고 생각하잖아. 얼마 전에 텔레비전에도 나왔잖아? 우리 베트남 여자들이 한국으로 시집가서 어떻게 사는지……. 특히 농촌으로 시집가는 사람들은 대부분 아주 힘들게 살아간대.”

“나도 그런 이야기는 들었어. 하지만 어디에서 살든지 쉽지는 않을 거야. 난 고생하는 건 두렵지 않아. 같이 살아갈 사람들이 중요한 것이지.”

“누나, 너무 힘들면 도망쳐버려. 알았지?”

“걱정 마. 거기도 다 사람 사는 곳이야. 우리나라보다 훨씬 잘 사는 곳이고. 더구나 누나가 가는 지역은 베트남 여자들이 많이 있는 곳이야.”

베트남 여자들이 많다는 말을 귀에다 담고 나서야 훙은 천천히 고개를 끄덕여주었다.

누나, 여기는 걱정하지 마. 누나는, 누나만 잘살 궁리해. 그게 우리를 도와주는 일이야. 작년 여름에 매형이 보내준 돈으로 물소 한 마리 샀잖아? 그것만으로도 큰 복이야. 다들 우리 집을 부러워해. 그 물소가 커서 새끼를 낳으면……. 호앙은 벌써부터 그

놈을 타고 다녀. 아버지가 너무 일찍 쇠등에 타면 안 된다고 해
도 막무가내야.

누나, 난 더 이상 매형의 도움을 바라지 않아. 누나네 살림살
이도 넉넉하지 않다는 걸 알고 있어.

누나, 난 조만간 호찌민 시로 갈 거야. 친구 형이 오래. 와서
오토바이 고치는 기술 배우래. 그것만 배우면 괜찮대. 1년만 배
우면 제법 돈도 받는대. 그럼 호앙도 대학 보내고, 한국이나 싱
가포르로 보내서 에이즈 치료도 받게 할 수 있고……. 걱정 마,
누나. 내가 다 알아서 할게.

쩐 투윗은 이쪽을 계속 주시하고 있는 알바생을 의식하면서 다
시 눈을 감고 눈물을 삼킨다. 당장이라도 고향으로 달려가고 싶
다. 그런 다음 동생을 부둥켜안고, 너는 공부를 해서 하고 싶은 컴
퓨터 관련 엔지니어가 되어야 한다고 말해주고 싶다. 쩐 투윗도
오토바이 기술자가 괜찮은 직업이라는 데 동의하지만, 좋은 대우
를 받으려면 경력뿐만 아니라 학력이랑 나이도 있어야 한다. 지금
동생이 그런 일을 시작한다고 해도 뻔하다. 좋은 사장님을 만난다
면 모를까, 대부분의 사장들은 어린 홍을 성인이 될 때까지는 싼
임금으로 부려먹겠지. 홍이 그런 세상을 알기에는 아직 너무 어
리다. 쩐 투윗은 너무 쉽게 판단을 하지 말고 좀 더 먼 미래를 보
고 결정하자는 답장을 보냈다. 한국이나 싱가포르는 병원비가 비

싸기 때문에 네가 평생 한 푼도 안 쓰고 벌어도 너 하나 치료받을 수 없다는 말은 차마 덧붙일 수가 없었고, 조금만 참고 기다려달라는 말밖에 할 수 없는 자신의 처지가 새삼 서글퍼졌다. 이번에 구제역만 오지 않았어도, 암소 외뿔이만 살아 있다고 해도 몇 년 안에 홍만이라도 한국으로 데려올 수 있을 텐데, 하는 생각이 들자 더욱 맥이 빠져버렸다.

왼쪽 뿔이 아예 자라나지 않아서 외뿔이라는 이름이 붙은 그 암소는 남편이 쩐 투웟에게 준 결혼 선물이었다. 선물을 받던 날 쩐 투웟은 정말이냐고 묻고 또 물었다.

"응, 정말. 외뿔이가 새끼를 낳아도 그 새끼는 당신 거야. 당신 맘대로 해도 돼."

그건 예상하지 못했던 선물이었다. 베트남 사람들도 소를 한 식구로 여겼다. 베트남 소들은 한우보다 큰 물소였다. 베트남에는 비가 자주 내리기 때문에 물에 강한 야생 물소를 길들여서 키우게 되었다. 쩐 투웟은 한국에서도 예전에는 소가 없이는 농사를 지을 수가 없었다는 말을 들었을 때, 베트남이랑 닮은 구석이 진짜 많구나 하고 무릎을 쳤다.

소들은 어디에서나 논밭을 갈고 수레를 끄는 일을 했다. 그래서 소는 예나 지금이나 비싼 값에 팔린다.

쩐 투웟의 아버지도 소를 갖는 게 꿈이었다. 쩐 투웟의 남편은 결혼하자마자 시어머니 몰래 장인에게 물소 송아지값을 보내주었다. 그때까지만 해도 쩐 투윗은 자신이 행운아라고 부모님에게 말했다. 그러나 찬바람을 타고 몰아치기 시작한 구제역의 광풍이 그녀의 삶을 휩쓸어버렸다.

쩐 투윗은 다시 한숨을 내뿜다가 흙 위로 돌출해 있는 당산나무 뿌리 밑에서 고물거리고 있는 작은 풀들을 보았다. 저도 모르게 손으로 마른 풀을 헤집었다. 작은 풀들이 동그랗게 이파리를 펼치고는 하얀 꽃을 들고 있었다. 겨울이 여기에서는 살아도 된다고 그 작은 풀들에게 특혜라도 준 모양이다.

"한국의 풀들은 신기해."

쩐 투윗은 핸드폰이 있었으면 찍어서 남편에게 무슨 풀이냐고 물어볼 텐데…… 아쉬운 표정을 지으면서 일어나서 해님을 가늠하였다.

어느새 해님이 까치집까지 내려와 있었다.

송아지

오늘따라 밥이 많아 보인다. 아무리 수저질을 하여도 밥은 줄어들지 않는다. 쩐 투윗은 음식 때문에 고생을 해본 적이 없다. 쩐 투윗의 위장은 짜고 마운 한국 음식들을 잘 달래고 버무려서 무리 없이 소화시켰다. 심지어 청국장까지도 잘 받아들였다.

먼저 밥을 먹은 유진이는 텔레비전 앞에서 레고 놀이에 푹 빠져 있다.

시어머니는 벌써 수저를 내려놓았다. 남편이 입원한 뒤로 시어머니는 한 번도 당신 위장이 만수위가 되도록 밥을 밀어 넣지 못했다. 늘 몇 숟가락 뜨는 둥 마는 둥 하다가 한숨과 함께 수저를 놓아버렸다. 그런데도 저 늙은 기계가 움직이는 걸 보면 참으로 신기하면서도 언제 멈춰버릴지 몰라 불안하다. 게다가 시어머니는 밤만 되면 남편이 있는 병원으로 가서 밤을 새우고 은다. 쩐 투

윗이 밤을 새우겠다고 하여도 한사코 마다하였으며, 동네 사람들
이 간병인을 쓰라고 하여도 거절하였다. 아무도 시어머니의 고집
을 꺾을 수 없었다.

쩐 투윗도 슬그머니 수저를 내려놓는다.

"끙, 왜 일어나느냐? 하루 종일 싸돌아다니느라고 배고플 텐
데……. 오늘 시어미한테 타박당한 것은 당한 것이고, 먹을 것은
먹어야 쓴다."

시어머니는 다시 한숨을 뱉어내고는 그 늙은 몸을 일으킨다.
당신 때문에 며느리가 밥을 제대로 먹지 못하고 있음을 잘 알고
있다. 시어머니는 이렇게 밥 먹는 모습을 보면 먼 나라에서 시집
온 며느리가 이상하게도 안쓰러워진다고 동네 사람들에게 고시
랑거린 적이 있었다. 꼭 밥 먹는 모습만 보면 그랬다. 이것저것 가
리지 않고 먹는 모습이 대견스러우면서도 한편으로는 아직 가슴
조차 제대로 여물지 않은 어린것이 살려고 아등바등하는 것 같아
마음이 짠하다고나 할까.

오늘따라 쩐 투윗은 눈앞에 있는 자신의 핏덩이조차 낯설어 보
였다. 정말 저것 하나만 믿고 살아갈 수 있을까. 쩐 투윗은 고개
를 흔들어버렸다. 자식만 믿고 살아갈 자신이 없다. 어떻게 해서
든 남편을 살려내야만 한다. 지금 이 순간에는 저 어린 핏덩이보
다 남편이 더 소중했다. 쩐 투윗은 그런 생각을 하다가 누군가 부
르는 소리에 놀라서 수저를 떨어트렸다.

화장실에서 나온 시어머니가 현관문을 열고 나갔다.

"어이 동상, 어여 오게. 안 그래도 왜 안 오나 했네."

"아이고, 힘들어 죽겠네, 성. 안 그래도 요새 무릎 관절이 안 좋아서 병원에 다니고 있는데, 성이 하도 불러서 왔네만……, 꼭 이럴 필요가 있는가?"

손님은 이모님이었다. 수원인가 용인인가 살고 있는 이모님은 시어머니보다 네 살 아래라고 하였으나 실제로는 스무 살 아래라고 해도 믿을 정도로 고운 얼굴이다. 그만큼 얼굴도 희고 탱탱했으며 차림새도 밝다. 눈도 크고 코도 크고 키도 크고 목소리도 컸다. 친자매라고 하기에는 도무지 닮은 구석을 찾을 수가 없다.

"이모님, 안녕하세요?"

쩐 투윗이 유치원생처럼 공손하게 인사를 하였다.

이모님은 금반지가 세 개나 끼워져 있는 손을 들어 쩐 투윗의 손을 잡아주면서 "오냐, 아가!" 하고 말했다. 확실히 시어머니보다는 살가웠다. 이모님은 유진이를 보고 "우리 강아지, 할매한테 오너라" 하고 손을 뻗었다. 유진이는 잠시 멈칫거리면서 할머니랑 쩐 투윗의 눈치를 살피더니 이모님 품에 안겨버렸다.

"낯가림이 없는 걸 보니 어디서든 잘 살겠네."

시어머니랑 이모님은 마당으로 걸어 나갔다. 이모님의 등에 유진이가 업혀져 있었다.

두 사람은 축사 앞에서 멈춰 섰다.

“성, 나 밥도 안 먹었네. 밥이라도 먹고 이야기하세.”

“미안하네, 동상. 내가 지금 병원에 가봐야 해서⋯⋯.”

두 사람의 목소리는 또렷하게 쩐 투윗의 귀에 잡혔다.

“그나저나 성, 무슨 일이 있는가? 유진이 아범이야 그렇다는 것 알고 있고⋯⋯ 왜 나를 숨 넘어가게 불러댔는가? 나 참말로 여기서 오래 못 있어. 그리 알게, 성.”

“동상, 오죽하면 내가 이렇게 불렀겠는가? 내가 다른 방법을 강구할 때까지만 있어주게. 내가 밤에는 아범 옆에 있어야 하니까, 밤이 문제여. 저것 때문에 그러네.”

시어머니가 목소리를 낮추었다. 그러나 이모님의 목소리는 상대적으로 더 커졌다.

“누구? 며느리? 며느리가 왜?”

“목소리 낮춰⋯⋯.”

시어머니는 잠깐 침묵하다가 입을 열었다.

“도망칠까 봐 그러는 것이제. 나 없을 때 다 들고 도망칠까 봐⋯⋯. 안 그래도 요새 낌새가 이상해. 자꾸 베트남 년들 만나고⋯⋯.”

“아이고오, 성도 참⋯⋯. 내가 여기 있는다고 도망칠라고 하는 사람을 어떻게 막아? 소처럼 코를 뚫어서 고삐를 잡고 있으면 모를까? 내가 보기에는 심성이 착해 보이던데 성이 너무 의심이 많은 것 같아. 그러면 못써. 나이는 어려도 속이 제법 야무져 보이던데……."

"그 속은 아무도 모르는 법이네."

"아이고오, 성도 참……. 집에 가져갈 것이 있는가? 어디다 돈을 많이 숨겨놓은 모양이네, 우리 성이 하는 것을 보니까. 그것 나 좀 빌려주소. 내가 이자 쳐서 줄게."

"농담은 그만하고…… 나 나갈 테니까……. 컴퓨터 선을 잘라버렸지만 또 어떻게 할지 모르니까 잘 보고…… 동상 핸드폰 못 쓰게 하소. 집 전화도 뽑아버렸네. 절대 혼자 집 밖에 못 나가게 하소. 특히 유진이는 동상이 꼭 데리고 자소. 우리 장손이네. 전처한테 딸을 뺏겨서 그런지 불안하네. 특히 베트남에서 온 것들은 자기 자식을 데리고 가서 어디에다 돈 받고 팔아버린다네. 그런 소문이 여기는 자자하다네. 동상 알았는가?"

"아이고오, 성도 참……. 아무리 그렇다고 지 새끼를 어떻게 팔아먹겠소? 난 모르겠네. 며칠만 있다가 갈 테니까 그리 아소."

이모님은 유진이를 안고 고운 목소리로 무슨 노래를 들려주었다. 어린 손자들을 여럿 주물러본 솜씨였다. 이모님이 노래를 세 곡이나 연달아 부르고 거실로 들어올 때까지도 쩐 투윗은 밥상을 치우지도 않고 멍하니 앉아 있었다.

정말 시어머니의 말처럼 이 집에서 도망이라도 쳐야 할지 모른다고 중얼거렸다.

"한숨 좀 그만 뱉어라, 아직 어린 것이……. 너는 어떻게 해서

든 산다. 아범이 문제지, 너는 어떻게 해서든 살게 되어 있는 것이여. 그러니 너무 한숨 타령하지 마라.”

이모님이 쩐 투윗의 어깨를 토닥거려주었다. 쩐 투윗의 눈에서는 또다시 눈물이 맺혔다. 오늘만 해도 벌써 몇 번째 눈물 바람인지 알 수가 없었다.

“잘됐다. 밥상 치우지 말고, 밥만 한 그릇 퍼 와라. 배고프다. 우리 강아지는 할매 등에서 잠들어버렸네.”

이모님은 유진이를 소파 아래에다 눕혔다.

“끙. 그래, 고맙다. 아범이 나하고 통화할 때마다 어멈 이야기를 했어. ‘이모, 내 색시라고 데려왔지만 너무 어려서 가끔은 기분이 이상해져요. 이래도 되는지, 가난한 나라에서 태어나지 않았으면 나 같은 사람 만나지도 않았을 텐데……’ 그럴 정도로 착한 사람이야. 그때마다 내가 그랬지. ‘아범이 잘해 줘라. 그 어린 나이에 낯선 나라에 시집와서 얼마나 힘들겠니? 더구나 시어머니까지 모시고. 그때마다 아범이 그래. 진짜 잘해 주고 싶은데 어머니 때문에 힘들다고. 니 시어머니 말이다. 다 안다. 그러니 너무 한숨짓지 마라…….”

이모님의 이야기를 듣다 보니 어느새 남편의 얼굴이 떠올랐다. 동네 사람들은 남편이 말수가 적은 사람이라고 하였으나 쩐 투윗은 수다쟁이라고 웃었다. 남편은 틈만 나면 자신의 이야기를 들려주었다. 베트남 말이랑 한국말을 섞어서 하였다. 남편은 베트남

신부를 맞이하기 위해서 일부러 베트남어를 배웠다고 하였다. 발음이 정확하지는 않아도 남편은 베트남 말을 곧잘 하는 편이었다. 그런 남편이 얼마나 그마웠는지 모른다. 그래서 쩐 투윗도 더 기를 쓰고 한국말을 배우려고 하였다.

1

쩐 투윗의 남편은 고등학교를 졸업한 뒤 줄곧 서울에서 살았다. 남편은 가구 공장에서 일을 했고, 택시 운전도 하였으며, 결혼한 뒤에는 부동산 사두실에서 일을 하여 제법 돈을 만졌다.

"스물일곱에 딸을 보았어. 이름이 예림이야. 제 엄마를 닮아서 예뻤어. 집도 일찍 장만하여서 먹고사는 걱정은 없었는데, 아내하고 다투는 일이 많아졌지. 성격이 너무 안 맞았어. 내가 어떻게 저런 여자를 좋아했을까, 할 정도로. 그래도 어지간하면 맞춰서 살려고 했는데, 아내가 더 나이 들기 전에 서로 좋게 정리하자고 하더군. 나도 그게 좋겠다고 판단하였어. 대신 딸은 내가 키우려고 했는데, 녀석이 제 엄다를 따라가겠다고 하더군."

그렇게 이혼하면서부터 이상하게도 하는 일이 꼬이게 되었고, 시어머니마저 앓아눕게 되자 할 수 없이 고향으로 내려오게 되었다. 시어머니는 병원어 입원하여 6개월이 넘도록 치료를 받았다.

무슨 암이었다. 다들 다시는 두 눈 시퍼렇게 뜨고는 마당을 밟지 못할 것이라고 하였다. 그러니 의사도 기적이라고 하였다. 시어머니는 예수님에게 모든 공을 돌렸고, 마을 사람들은 요즘 보기 드물게 효성이 지극한 아들한테 공을 돌렸다.

아들은 다시 서울에 올라가서 재기하려고 시도했으나 번번이 실패하였고 빚더미에 앉게 되었다. 암을 이겨낸 시어머니는 무쇠 로봇처럼 강해져서 아들의 빚을 청산해주었다. 시어머니는 혼자서 20마리도 넘는 소와 스무 마지기도 넘는 논농사와 열 마지기도 넘는 밭농사를 짊어지고 있었다. 아들이 돈이 필요하다고 할 때마다 시어머니는 소를 팔았고 그래도 돈이 차지 않으면 논이나 밭을 내놓았다. 평생 시어머니가 모아놓은 땅들은 다 날아가버렸으며 암소 네 마리만 남게 되었다.

그제야 시어머니는 아들을 불러놓고는 이제는 더 이상 줄 것이 없으니까 알아서 하라고 탄식했다. 아들은 고민 끝에 농촌으로 내려오게 되었다. 친구였던 이장님이 고향에 와서 소를 키우면 지금보다는 낫다는 조언을 하였고, 도시 생활에 지쳐버린 그는 친구의 권유를 받아들였다. 7년 전이었다.

처음에는 시어머니가 반대를 했으나 막상 아들을 보자 마음이 달라졌다. 마흔을 넘긴 아들은 시어머니가 생각했던 것보다 훨씬 지쳐 있었다. 그래서 아들을 매몰차게 쫓아낼 수가 없었고, 몇 년만 당신이 직접 밥을 해 먹여서 건강하게 만든 다음 다시 도시로 내보낼 작정이었다.

2

　남편은 시어머니가 키우던 암소들을 밑천 삼아 새로운 삶을 시작했다. 운이 좋게도 다수걸이로 덤벼든 하우스 애호박 농사가 잘되어서 송아지를 몇 마리 보탤 수 있었다. 그해 여름에 엄청나게 쏟아진 폭우로 다른 지역 하우스 농사가 폭삭 망해버렸기에 가능한 일이었다. 남편은 어느 한쪽 농사꾼들이 망해야 다른 쪽 농사꾼들이 웃을 수 있다는 사실을 알고는 얼마나 씁쓸해했는지 모른다. 이장님은 이제 농사란 주식 투자나 다름없다고 훈수하듯이 말했다.

　암소들은 새끼를 쳤고, 새끼들은 또 자라서 새끼를 쳤다. 남편은 소들이 50마리 100마리로 늘어나는 꿈을 꾸었고, 그 정도만 되면 도시에서 사는 것보다 낫다고 스스로를 위로하였다.

　찐 투윗이 시집왔을 때는 소들이 열여섯 마리였다. 그리고 2년 만에 스물세 마리로 불어났다.

　날마다 텔레비전에서는 한미 FTA에 대한 뉴스가 흘러나왔고, 미국산 소고기 수입에 반대하는 촛불 시위가 전국에서 일어날 즈음 이장님이 남편을 찾아왔다. 이장님은 남편에게 소를 처분하라고 귀뜸하였다. 지금 소값이 정점에 올라 있기 때문에 다 처분을 했다가, 한미 FTA가 통과되고 나면 소값이 바닥으로 떨어질 테니 그때 송아지를 구입하라고. 이미 이장님은 자신이 키우고 있던 소 100여 마리를 다 처분하였고, 소값이 떨어지기만을 기다리고 있었다.

남편은 몇 마리야 팔 수 있지만 임신하고 정이 든 소들을 어찌다 처분할 수 있냐고 고개를 흔들었다. 이장님은 "저 새끼 봐라!" 하면서 누런 이를 드러냈다. 그런 식으로 살다가는 죽도 밥도 되지 않을 것이라고 타박하였다. 그리고 몇 달 뒤에 한미 FTA가 국회를 통과하였고, 이장님의 예감 그대로 소값이 떨어졌다. 거기에다 구제역까지 기습 공격을 하자 남편은 이장님의 말이 옳았음을 뒤늦게 인정하였다.

남편은 몇 번이나 소를 팔기 위해서 우시장을 들락거렸으나 실패하였고, 그러다가 구제역의 선발대가 마을 근처까지 들이닥치자 절망하면서 웃음마저 잃어버렸다.

그때부터 숨조차 제대로 쉴 수 없는 하루하루였다.

이곳은 G광역시하고 경계 지역이라서 오히려 G시가 읍내보다 더 가까웠다. 그래서 마을 사람들은 G시에 있는 대형 마트를 이용했는데, 그곳에 갈 때도 반드시 이장님한테 사전에 통고를 해야 했다. 이장님은 꼭 필요한 경우가 아니고는 외출을 삼가달라고 하

172

였고, 마을 사람들끼리도 왕래를 하지 않았다.

소를 키우고 있는 사람들은 더욱 예민했다. 그래서 G시나 읍내에 나갔다가 온 사람들은 다른 사람들 축사가 있으면 일부러 멀리 돌아서 가기도 하였다. 특히 초상이 나서 멀리 조문을 다녀온 경우에는 더욱 사람들 눈치를 살펴야 했다. 다행히도 쩐 투윗이 사는 마을에서는 구제역이 발생하지는 않았으나, 성탄절을 닷새 앞두고 강 건너 마을에서 구제역이 발생하고야 말았다.

그날 밤 남편은 잠을 이루지 못했다.

"아직 우리 마을은 괜찮은 거잖아요?"

남편은 쩐 투윗을 보면서 송아지 같은 눈을 굴렸다.

"나도 우리 소들이 괜찮을 거라고 믿어. 하지만 우리 소만 무사하다고 해서 되는 일이 아니네. 강 건너까지 구제역이 난리니……이제 우리 마을 소들도 무사하지 못할 거야."

쩐 투윗은 남편의 말뜻을 얼른 이해하지 못했다.

"왜 무사하지 못해요?"

"구제역이 문제가 아니라 사람들이, 공무원들이, 정부에서, 가만두지 않을 거야. 우리 마을 소들까지 다 죽여서 묻을 거야. 그것이 걱정이지."

쩐 투윗은 여전히 남편의 말을 이해할 수 없었다. 물론 소문으로 수많은 소들을 죽여서 묻는다는 말을 들었지만, 막상 자신의 일로 눈앞에 닥쳐오자 이해가 되지 않았다. 쩐 투윗은 말도 안 되는 소리라고 웃어버리고 싶었다. 소가 병에 걸렸다면 모를까, 아무렇지도 않은 소들을 죽인다니 그게 말이나 되는가.

남편은 너무나도 순진한 쩐 투윗을 보고는 계속 담배 연기만 내뿜다가 쿨럭거렸다.

"더 이상 구제역이 퍼져나가지 않게 하기 위해서, 구제역 걸린 소가 있는 근처의 소들도 다 죽이는 거야. 강 건너 마을에서 우리 마을까지는 거리도 멀지 않아서 아마 비켜 가기는 어려울 거야……."

그제야 쩐 투윗은 사태의 심각성을 받아들였다.

3

다음 날 이장님이 와서 마을에 있는 모든 소들이 살처분 대상이라고 하였고, 내일 오전에 살처분하는 사람들이 들이닥칠 테니 마음의 준비를 하라고 하였다. 소뿐만 아니라 염소랑 개도 살처분 대상이었다. 그러면서 이장님은 남편을 타박하는 투로 덧붙였다.

"왜 내 말을 안 듣고 이런 꼴을 당하냐? 하도 많은 소들을 살처분하다 보니 정부에서도 보상금이나 제대로 줄지 모르겠다. 말로는 현 시세대로 준다고 하는데, 지금 소값이 똥금 아니냐? 그것도 언제 나올지 몰라. 그때 팔았으면 얼마나 좋냐? 구제역만 지나가면 다시 싼값에 송아지를 사야 해. 그럼 다시 소값이 오른다고. 그

때 팔아야 돼. 사료값이 장난 아니라서 값이 오를 때 치고 빠져야
돼. 그래야 살지, 소만 잘 키운다고 절대 돈 가져다주는 거 아니
다. 아무튼 그렇게 알아라.”

거실에서 그 말을 듣고 있던 시어머니가 마당으로 걸어 나왔다.

“어이, 이장, 그러니까 우리 소들을 다 죽인다 이 말인가?”

“아이고, 어머니, 계셨어요? 일이 그렇게 되어가네요.”

시어머니는 이장의 말을 듣고는 한동안 혼자만이 알 수 있는
말로 중얼거리더니, 갑자기 주위를 두리번거리면서 입을 열었다.

“어이, 이장, 자네 친구 좀 살려주소. 저놈이 소 하나만 바라보
고 있는데, 소를 다 죽여버리면 우리는 어떻게 사는가? 자네가 좀
살려주소.”

이장님은 서너 걸음 뒤로 물러나면서 약간 멍한 표정을 지었다.

“아이고, 어머니, 제가 뭘 어떻게 합니까? 정부에서 강제로 집
행하는 것이라서 아무도 막을 수 없습니다요…….”

시어머니는 이장님 앞으로 한 걸음 더 다가갔다.

“내 말은 임신한 소들만 빼달라는 것이네.”

“네에? 빼달라니요?”

“자네가 군에다 신그하니까, 소 마리 수를 줄여서 신고해주면
되제. 부탁이네, 제발… … 임신한 소들만…….”

“아이고, 어머니, 불가능합니다요. 제가 신고하지 않아도 다 파
악이 되어 있습니다. 갓 낳은 송아지 수까지 다 파악이 되어 있습

니다.”

“그래도 자네가 말하면…….”

시어머니의 손이 덩굴처럼 뻗어 이장님의 손을 잡으려고 했다. 이장님은 뒤로 몸을 젖히면서 시어머니의 손을 피하고는 달아나듯이 마당을 벗어나버렸다.

남편이 급하게 이장님을 따라갔다.

시어머니는 잠시 텅 비어버린 마당에서 굳어 있었다. 축사에서 송아지 한 마리가 소리치자 그제야 그 늙은 기계가 움직이기 시작했다.

“안 되지, 안 되지……. 미친놈들, 멀쩡하게 살아 있는 소를 죽인다니……. 오, 주여…….”

시어머니는 목에 걸려 있는 십자가 목걸이를 손으로 잡아 들고는 눈을 감았다.

쩐 투윗의 뒤에는 만삭이 된 외뿔이가 자신에게 닥친 불행을 아는지 모르는지 지푸라기를 우적우적 씹어 먹고 있었다. 출산 예정일이 일주일가량 남았다. 외뿔이 말고도 조만간에 출산을 할 암소들이 세 마리나 더 있다.

쩐 투윗은 외뿔이의 눈을 보지 않으려고 고개를 돌려버렸다.

쩐 투윗은 집 안 청소를 마치고 밖으로 나오다가 깜짝 놀라고야 말했다.

시어머니가 축사에서 외뿔이를 끌고 나오고 있었다.

“어머니, 뭐 하시는 거예요?”

시어머니는 아무런 말이 없었다. 그 얼굴은 햇살이 한 줌도 들지 않는 마루 밑처럼 어두웠으며, 낫처럼 휘어진 등은 사람이 아니라 다른 동물로 보였다. 외뿔이는 느릿느릿 그 노인을 따라갔다. 시어머니는 축사 오른쪽에 있는 창고로 점박이를 끌고 갔다. 새마을운동 때 지어진 헛간을 개조하여 만든 창고였다.

“임신한 소들만 살려도 돼.”

시어머니는 혼잣말로 중얼거린 다음 다시 축사로 가서 임신한 소들을 끌고 왔다. 암소 네 마리가 창고 안으로 사라졌다. 시어머니는 암소들 발밑에다 지푸라기를 깔아주었고, 정미 기계랑 쌀자루가 쌓여 있는 곳에다 짚단을 쌓았다. 바깥에서 문을 열고 보면 짚단밖에 보이지 않게 하려는 속셈이었다.

“어머니, 여기다 두면 괜찮을까요?”

시어머니는 무뚝뚝하게 쩐 투윗을 힐끗 쳐다볼 뿐 아무런 대답이 없었다. 결전을 앞둔 여전사 같았다. 시어머니는 지푸라기를 끄집어서 새끼줄을 꼬았고, 이내 부리망을 만들어서 암소들 입에다 씌웠다.

“말하면 안 돼. 여기서 죽은 듯이 있어야 쓴다. 그래야 산다. 안 그러면 다들 죽는다. 알았지야? 너희들이 살아야 우리가 산다. 우리는 다 같은 목숨이여.”

시어머니가 암소들의 등을 긁어주면서 말했고, 소들은 눈만 끔벅끔벅하였다.

시어머니는 쩐 투윗을 보고도 말했다.

“너도 절대 말하면 안 된다. 내일 사람들이 와서 소 어딨냐고 물으면 모른다고 해야 쓴다.”

쩐 투윗은 누가 자신의 목에다 칼을 들이댄다고 해도 말하지 않을 자신이 있었다.

4

다음 날 아침이었다. 쩐 투윗은 눈을 뜨자 마당에서 시어머니랑 남편이 주고받는 말소리를 들었다. 시어머니는 다시 한 번 이장님에게 부탁을 해보라고 다그쳤다. 남편은 그래 봤자 소용없는 일이라고 목소리를 낮췄다.

“어머니, 그 사람들이 소 숫자를 다 세어보고 죽인답니다.”

“6·25 전쟁 때도 이런 일이 있었다. 저 강 건너 마을에서는 사람들이 많이 죽었다. 큰길가라서 그랬제. 인민군들이 지나가는데 마을에서 나와 환영하는 사람들이 없자, 그다음 날 그놈들이 들이닥쳐서 난리를 쳤어. 사람들을 저 강가에다 다 모아놓고는 반

동분자가 많은 동네라고 하면서 나이 든 어른들을 나오라고 하여 그 자리에서 총살을 시켜버렸어. 그리고 몇 달 뒤에는 밤중에 무슨 군인들이 지나가길래 또 인민군인 줄 알고 마을 사람들이 가서 환영을 하였는데, 알고 보니 인민군이 아니라 국군이었지. 그날 밤에 군인들이 마을 사람들을 또 강가로 모아놓고는, 인민군 만세를 부른 사람들을 세워놓고는 총으로 쏘아댔단다. 난리였제. 그 난리 중에서도 네 사람이 살았단다. 죽은 사람들 속에 묻혀서 네 사람이 살았어. 어디에서나 그런 기적이 있는 법이여. 지금도 마찬가지다. 내일 이 동네 소들이 다 죽는다. 그런데 그놈들이 그것을 일일이 다 확인하고 죽이겠냐? 죽여서 바로 땅에다 묻는다는데…… 틀림없이 대충대충 할 것이다. 사람을 죽일 때도 그렇게 했어……."

쩐 투윗이 밖으로 나가자 두 사람은 더 이상 말하지 않았다.

하늘은 잔뜩 찌푸려 있었고, 씨알이 작은 싸라기눈이 떨어지고 있었다.

창고 안은 짚단이 빽빽하게 쌓여 있어서 겨우 들어갈 수 있었다. 남편이 암소들 앞에다 양동이를 놓고 물이랑 사료를 주었다. 시어머니는 사료는 주어도 물은 주지 말라고 하였다. 오줌을 싸면 소리가 난다는 것이었다.

"어머니, 다 소용없어요. 마지막으로 실컷 먹으라고 주는 거예요."

소들은 사료랑 물을 먹다가 갑자기 울부짖었다.

“음머어어—!”

“음머어어—! 음머어어!”

“음머어! 음머어어! 음머어어!”

시어머니가 깜짝 놀라서 외뿔이의 고삐를 잡아챘다.

“쉿! 소리치면 안 돼. 그럼 죽는다. 절대 입을 놀려서는 안 된다. 알았지야?”

외뿔이는 그 말을 알아들었는지 더 이상 입을 놀리지 않았다. 다른 소들도 일제히 입을 다물었다.

“그래, 기왕 차려준 것이니까 어서 맛있게들 먹어라. 내 말 명심하고.”

소들은 더 이상 먹지 않았다.

“아이고, 이것들이 사람 말귀를 다 알아들은 모양이네!”

그때 쩐 투윗은 소들의 눈물을 보았다. 그 큰 눈에서 엄청난 눈물 사태가 났다.

“그래, 알고 있구나, 알고 있어. 이것들이 다 알고 있구나!”

시어머니가 눈시울을 문질렀다. 쩐 투윗은 시어머니의 저 움푹 팬 눈에서 눈물이 흘러나온다는 사실이 믿어지지 않았다. 말라버린 연못처럼 눈물 한 방울 남아 있지 않을 것 같았던 눈에서 놀랍게도 물줄기가 흘러나오고 있었다.

“걱정 마라, 걱정 마라, 내가 지켜줄 테니까.”

시어머니가 소들의 얼굴을 손바닥으로 쓸어주었다.

쩐 투윗도 외뿔이 얼굴을 쓰다듬어주면서 울음을 터트렸다.

시어머니가 쩐 투윗의 어깨를 내리쳤다.

"시끄럽다. 누가 들으면 초상난 줄 알겠다. 더 이상 눈물 바람 하지 마라. 어서 너는 나가라. 내가 뒷단속하고 나갈 테니까, 어서!"

시어머니는 창고 문에다 열쇠를 채우고, 그 앞에다 사료 부대를 층층이 쌓아버렸다.

남편은 축사에서 나머지 소들에게 사료랑 물을 주고 있었다. 모자를 깊숙이 눌러써서 남편의 표정을 알 수는 없었다. 어른 소들은 이미 사태를 파악하고는 사료를 먹지 않았다. 물을 몇 모금 마시거나 어린 소들을 보면서 뭐라고 소리치고 있을 뿐.

어린 소들만이 여느 때보다 많이 차려진 성찬을 게걸스럽게 먹어대고 있었다.

어른 소들은 어린 소들의 털을 핥아주면서 마지막 이별을 준비하고 있었고, 어떤 소들은 시어머니랑 남편을 그렁그렁 눈으로 쳐다보면서 소리쳤다. 울림이 큰 목소리였다.

소와 사람의 언어가 다르지만 무슨 말을 하는지 알 수 있었다. 자신은 죽어도 좋으니까 저 어린것들만이라도 살려달라는 간절한 부탁이었다.

남편은 그런 어미들 앞에서 더욱 모자를 눌러쓰고는 미안하다고 낮게 되풀이할 뿐이었다.

언제 들어왔는지 모르겠지만 뒤쪽에서 이장님이 헛기침하였다.

"기왕에 이렇게 된 거 너무 맘 아파하지 마라. 곧 살처분하는 사람들이 올 거야. 내가 다 알아서 할 테니까, 너는 그냥 나가 있어라. 보지 않는 게 나을 거다. 어머니한테 그렇게 전해라. 이건 어쩔 수 없는 상황이니까, 내가 해줄 수 있는 것도 없고 미안하다. 이따가 저녁에 술이나 한잔하자. 내가 한잔 살게."

남편은 알았다고 고개를 끄덕일 뿐 한마디도 하지 않았다.

이장님이 시어머니를 보고 일부러 크게 말을 하였다.

"어머니, 식사는 하셨어요?"

"밥? 지금 이 마당에 밥이 들어가는가? 자식 같은 소들이 죽어갈 판인데, 그까짓 밥 한 끼 안 먹는다고 죽는가? 말이 달라서 음매 음매 하는 것뿐이제, 다 알고 있지 않은가? 저 소들을 보소. 자기들 제삿날인 줄 알고 아무것도 먹지 않고 울고 있는 것들을……."

"아따, 그만하세요. 저라고 모르겠어요? 그렇다고 내가 어떻게 할 수 있는 것도 아니고요. 지금 사태는 부처님이나 예수님이 계신다고 해도 막을 수 없는 일 아니오? 하늘이 내린 재앙 아니오? 어머니도 이따가 회관으로 가 계세요. 제가 다 회관으로 모이라고 했어요. 이따가 방송하겠지만 괜히 여기 남아 있지 마세요. 마음만 더 아플 테니까요."

시어머니는 아무런 대꾸도 하지 않고 집 안으로 들어가 버렸다.

"제수씨도 집에 있지 말고 회관으로 나오세요. 괜히 소 죽는 것 보면 마음만 아플 테니까, 식구들 다 데리고 나오세요."

쩐 투윗도 이렇다 저렇다 대꾸를 하지 않고 집 안으로 들어갔다.

시어머니가 밥상을 차리고 있었다. 쩐 투윗이 거들 새도 없었다.

"아범 밥 먹으라고 해라."

시어머니가 쩐 투윗에게 눈짓했다. 남편은 여전히 축사에 있었다. 쩐 투윗이 남편을 불렀다. 남편은 쩐 투윗을 보고는 고개를 흔들었다. 밥을 먹지 않겠다는 뜻이었다. 쩐 투윗도 밥맛이 없었다. 시어머니가 마당으로 나가서 눈구름이 진격해 오고 있는 하늘을 올려다보면서 남편을 불렀다.

"어서 밥 먹어라. 눈이나 하늘 닿게 와버렸으면 좋겠는데……."

"어머니나 드세요. 전 됐어요. 이따 회관에 가서 술이나 한잔 할래요."

"이놈아, 술을 먹을 때 먹더라도 밥은 먹어야지. 그래도 산 사람은 살아야지. 산 사람은 살아가라고 입이 있는 법이다. 어서 몇 술이라도 떠!"

남편은 시어머니의 서슬에 눌려 마당을 천천히 거슬러 왔는데, 집으로 오면서도 열 번도 넘게 축사 쪽을 뒤돌아보고 또 보았다.

암소 한 마리가 다시 소리쳤다. 이웃집 소들도 소리쳤다. 소들은 목소리와 목소리로만 서로에게 작별 인사를 하고 있었다.

남편은 밥상 앞에 앉았다가 서너 숟가락 밥을 우물거리고는 일

어서버렸다. 도저히 밥이 넘어가지 않는다고 가슴을 쳤다. 시어머
니도 밥 한술 넘기지 못했다. 쩐 투윗도 마찬가지였다. 아들 유진
이만 국에다 말아서 간신히 먹었다. 시어머니는 설거지도 하지 말
고 회관으로 가 있으라고 하였다. 특히 유진이가 이 끔찍한 장면
을 보아서는 안 된다고 하였다.

5

이미 회관 앞에는 소들의 저승사자들이 와 있었다. 방역복으로
갈아입은 사람들이 이장이랑 뭔가 이야기를 나누고 있었다.

소들이 묻힐 곳은 윤 씨네 염소 막사 언저리라고 하였다. 윤 씨
네 집은 강둑이 가로막고 있기는 해도 강하고는 마흔 걸음도 떨
어져 있지 않았다. 원래는 마을 뒤쪽 산기슭에다 묻으려고 하였으
나 그 근처에 이장님네 조상들 산소가 있어서 다른 곳으로 변경
되었다는 소문이 떠돌았다. 그다음 후보지로 여기저기가 거론되
었으나 역시 근처에 논밭을 가지고 있는 사람들이 강력하게 반발
하자 무산되었다. 결국 이러저러한 사정을 다 고려하다 보니 마을
에서 가장 멀리 떨어져 있는 윤 씨네 집 앞에다 소를 묻을 수밖에
없었다. 물론 반대하는 윤 씨의 목소리를 들어주는 사람은 없었
다. 나중에 소들의 육신이 썩어서 강물로 흘러든다는 것을 다 알

고 있었지만, 다들 어쩔 수 없는 선택이라고 눈을 감아버렸다. 공무원들도 괜찮다고 받아들였다. 피 한 방울 새어나가지 않게 매몰하기 때문에 걱정할 게 없다고.

회관에 모여든 사람들은 거의 말이 없었다. 소를 키우고 있는 사람들이건 소를 키우지 않는 사람들이건 이 어처구니없는 비극 앞에서 잠시 정신을 놓아버렸다. 어서 이 끔찍한 시간이 지나가서 이 마을 특유의 웃음이 떠돌기만을 바라는 표정들이었다. 아무에게도 위로의 말이나 인사도 나누지 못하는 상황이었다. 그 어떤 말로도 위로받고 위로 주는 상황이 아니었는지도 모른다.

그래도 이 마을에서 가장 어린 유진이가 나타나자 분위기가 밝아졌다. 특히 할머니들은 유진이를 좋아했다. 서로서로 유진이를 보자 안아보려고 하였다.

어려서부터 이 할머니 저 할머니 등에서 자란 유진이는 아무런 낯가림이 없었다. 할머니들은 이 경황에도 유진이를 염두에 두고 호주머니에다 넣어 온 과자를 끄집어내고 있었다.

시어머니랑 가장 친한 영광 할머니가 유진이 할머니를 찾았다. 영광 할머니는 동갑인데도 불구하고 오십이 넘도록 서로에게 관심이 없었다가, 시어머니가 영광 할머니를 따라 교회에 나가게 되면서 아주 가까워졌다고 하였다. 시어머니는 영광 할머니를 '영광댁'이라고 부른다. 영광에서 시집을 왔기 때문에 그렇게 부른다고 했다.

쩐 투윗은 물 한 그릇을 다 마신 뒤에야 시어머니가 집에 계신다고 하였다. 그 말이 떨어지기 무섭게 다른 할머니들이 일어섰다.

"염병 지랄하네. 지금 이 마당에 집에 계시면 뭘 어쩐다고……."

"환장하겠네, 환장하겠어! 소를 죽이는 굿이 하도 징그러워서 맨정신으로는 못 본다고 하드만…… 그 할망구가 미쳤나 보네."

영광 할머니는 다른 할머니들하고는 달리 차분하게 말했다.

"어이, 유진이 어매야, 어서 가서 자네 시어머니 모시고 오게나. 큰일 나네. 시어머니 거기다 뒀다가는 낼 초상 치를 수도 있네. 어서 모셔 오게. 어서!"

옆에 있던 다른 할머니도 한숨을 내뱉었다.

"우리는 무슨 팔자가 이렇게 사나워서 살아생전에 왜놈들이 염병하는 것도 보고, 6·25 전쟁 나서 서로 총질해대는 것도 보고, 광주에서 군인들이 멀쩡한 시민들한테 총질해대는 것도 보고, 이렇게 지 자식 같은 소들을 다 잡아 죽이는 것도 보나……."

쩐 투윗은 그제야 정신이 번쩍 들었다.

눈발은 굵어졌다 가늘어지기를 되풀이하고 있었다.

시어머니는 마당에서 이장님이랑 실랑이하고 있었다. 시어머니의 눈빛이 파랬다. 살아 있는 사람으로 보이지 않았다. 시어머니는 회관으로 가라는 이장의 말을 단호하게 거절했다.

"나는 걱정 말고 유진이 아범이나 데려가게."

남편이 축사에서 나왔다. 모자를 깊이 눌러써서 표정은 볼 수가 없었으나 목소리에는 짜증이 묻어 있었다.

"어머니, 제발 말을 들으세요. 왜 말을 안 들으세요! 어서 회관으로 가세요! 어머니가 여기 계셔봤자 좋을 게 하나도 없어요."

남편은 쩐 투윗에게 시어머니를 끌고 가라고 눈짓하였다.

"어머니, 저랑 같이 가요."

시어머니는 쩐 투윗이 다가오자 너 마침 잘 왔다는 표정으로 남편을 데리고 회관으로 가라고 다그쳤다. 남편이 "어머니!" 하고 버럭 소리를 질러댔다. 그와 동시에 소 한 마리가 울어댔고, 마당으로 소들의 저승사자들이 들이닥쳤다.

그중 책임자로 보이는 사람이 시어머니와 남편한테 인사를 하였다. 책임자로 보이는 사람의 눈빛에서도 지치고 힘들어하는 기색이 또렷하게 묻어나고 있었다.

"아이고, 눈까지 내리네! 자, 작업을 시작하겠습니다. 시간을 끌어봤자 피차 힘드니가 최대한 빨리 끝내겠습니다. 저도 어린 시절에 소를 많이 키워봐서…… 하지만 어쩌겠습니까? 더 큰 재앙을 막기 위해서 이렇게 하는 것이니까, 마음이 아프더라도 이해해주시기 바랍니다."

책임자로 보이는 사람이 땅딸막한 수의사에게 귀엣말을 하였다. 수의사는 고개를 끄덕거린 다음 축사로 걸어갔다. 서너 명의 사람들이 수의사 뒤를 따라갔다.

수의사가 남편이랑 시어머니를 보면서 말했다.

"보시지 않는 게 좋습니다. 이 주사약은 근육이완제로 맞으면 몇 초 안에 고통 없이 잠들게 됩니다. 그러니 너무 마음 아파하지 마시고요."

소들이 계속 울어댔다. 마당에서 눈을 맞고 있던 마을 사람들이 탄식하였다.

"소들이 살려달라고 울어대는구먼. 이런 재앙이 있나. 세상에 살다가 이런 일이 있을 줄을 누가 알았겠나!"

"아이고, 나는 못 보겠네. 이장 말처럼 회관에 가서 술이나 마실라네."

"쯧쯧쯧, 저 발버둥치는 것을 보소."

"그나저나 저 노인 양반을 모셔 가야지, 저러다가 뭔 일 터질까 봐 겁이 나네. 이것 봐요, 제수씨! 어서 시어머니 좀 모시고 가세요!"

누군가 쩐 투윗에게 다시 소리쳤다.

쩐 투윗도 잠깐 얼이 빠져 있었다. 이장님이랑 마을 사람이 시어머니의 팔을 잡으려고 하자, 시어머니는 단호하게 뿌리쳤다.

그러는 사이에 수의사가 첫 번째 암소의 꼬리를 들고 항문 위쪽에다 독이 든 주사를 놓았다. 수의사가 주사기를 뽑자마자 그 거대한 소가 옆으로 쓰러졌다. 하마터면 수의사가 깔릴 뻔했다. 뒤에서 주사약을 들고 있던 여자가 비명을 질렀다. 잠시 소란이 일어났다. 여자는 부들부들 떨었다. 누군가 괜찮다고 하면서 안심을 시켰고, 수의사는 다시 고무장갑을 낀 손으로 주사약을 장전했다. 한 마리가 치명적인 독약을 맞고 쓰러지는 것을 보자 소들은 공포에 차서 자신의 목줄을 끊으려고 발버둥쳤다. 소들이 엉켜서 서로 넘어지기도 하였고, 어떤 놈은 벌써 코에서 피가 흘러나왔다. 벌어진 입에서는 죽음의 공포와 살려달라는 애원의 목소리가 터져 나오고 있었다. 어린 송아지들은 더 놀라서 사방으로 뛰어다녔다.

수의사는 냉정하고 노련했다. 겁을 먹고 날뛰는 소들을 다그치지 않았으며, 목덜미를 쓰다듬는 척하면서 소 뒤쪽으로 가서 정확하게 급소를 찔렀다. 단약 급소를 찌르지 못하면 그만큼 소들이 고통스러워한다는 것을 그는 잘 알고 있었다. 이미 뒤엉켜 있는 소들은 수의사의 주삿바늘을 더욱 피할 수가 없었다.

어쨌든 소라는 그 거대한 우주는 너무나도 쉽게 쓰러져버렸다. 주삿바늘이 살 속으로 파고들자마자 쿵, 쿵 소리를 내면서 쓰러졌다. 주저앉는 소도 있었고, 빨갛게 충혈된 눈으로 사람들을 원망스럽게 바라다보다가 헛딛듯이 앞으로 쓰러지는 소도 있었고, 살려달라고 울부짖다가 옆으로 쓰러지는 소도 있었다. 쓰러진 뒤에도 다시 일어나려고 몸부림을 쳤으나 한번 쓰러진 소가 일어나는 기적은 일어나지 않았다. 소들은 혀를 내밀고 딱딱한 굽이 달린 발로 지금까지 자신들을 지탱해준 땅을 파헤치다가 숨을 놓아버렸다.

6

쩐 투윗은 두 손으로 눈을 가린 채 울고 있었다. 이곳에서 도망치고 싶어도 몸이 굳어버려 한 발자국도 움직일 수가 없었다. 그저 두 손으로 눈을 가리고 울어댈 뿐이었다. 이 순간만큼은 살아 있다는 것이 고통스러웠다.

황소 한 마리가 줄을 끊었다. 이미 축사 바닥에는 죽은 소들이 겹겹이 포개져 있었다. 워낙 좁은 곳이라서 그 거대한 소가 달아나자 엄청난 소란이 일어났다.

소는 집 뒤쪽 언덕 위로 달아났다.

황소는 하나님에게 살려달라고 늙은 교회당 앞에서 한 번 울부짖다가, 수의사가 쏜 마취 총을 맞고는 옆으로 쓰러져서 세 바퀴나 굴렀다. 끝이었다.

잠깐 눈이 그쳤다가 다시 퍼붓기 시작했다.

수의사가 쓰러진 소를 손가락으로 헤아리더니 종이를 보았다.

"소가 네 마리 부족한데…… 뭐가 잘못되었는지 모르겠네요."

그러자 책임자로 보이는 사람이 다시 소를 세어보고는 이장이랑 남편을 불렀다.

"아니, 왜 소가 부족한 거요?"

남편은 아무런 말도 하지 못했고 시어머니가 나섰다.

"부족한 게 아니라 엊그제 송아지 네 마리가 병이 나서 죽어버렸소. 그래서 그러요.”

책임자로 보이는 사람은 시어머니의 얼굴을 힐끗 보고는 주위에 있는 사람들에게 소리쳤다.

“한 마리라도 빠지면 안 됩니다. 나중에 우리가 처벌받아요. 어서 찾아보세요. 이 집 어딘가에 있을 겁니다. 네 마리가 부족해요.”

사람들은 축사를 나가더니 집 안 곳곳으로 흩어졌다. 남편은 그냥 축사에 가만히 서 있었고, 시어머니만이 고양이처럼 빠르게 사람들을 따라갔다. 누군가 창고 앞에 쌓여 있는 사료 부대를 내렸다.

시어머니가 그냥 창고라고 해도 사람들은 듣지 않았다. 이미 그곳에 소가 숨겨져 있음을 확신하는 눈치였다.

창고 문이 잠겨 있었다. 누군가 마구 발로 차댔다. 그때 안에서 소 울음소리가 들렸다.

“창고 안에다 숨겨놨구먼. 할매, 이러면 우리 다 죽어요. 우리라고 해서 소를 죽이고 싶겠어요? 한 마리라도 살려줬다가는 우리 다 잘린다고요! 우리도 날마다 이 짓 하느라고 미쳐버리겠다고요. 자식새끼만 없으면 당장 때려치우고 싶다고요!”

책임자로 보이는 사람이 버럭 화를 내면서 눈짓하였고, 이미 다른 사람들이 창고 문을 떼어내고 있었다. 창고 문이 열리자 다시 짚단이 막아섰다. 사람들이 짚단을 들어내기 시작했다. 암소들은 부리망을 쓴 채 저승사자들을 맞이하였다. 놀란 소들이 뿔을 휘두르고 발길질을 하면서 저항했다.

"안 돼, 안 돼! 제발 이 소들만 살려주쑈. 임신했소. 우리 소들은 아무런 병도 안 걸렸소. 제발, 이 소들만 살려주쑈. 다 죽였다고 보고하면 될 것 아니오!"

시어머니가 온몸으로 막아섰다. 책임자로 보이는 사람이 눈짓했다. 옆에 있던 다른 사람들이 시어머니를 끌어내려고 실랑이를 하였고, 어느새 수의사는 이미 노련하게 암소들 몸에다 독주사를 꽂아대고 있었다. 소들은 30초도 지나지 않아 차례차례 쓰러져버렸고, 그와 동시에 시어머니도 주저앉아버렸다. 수의사가 긴 한숨을 내뱉었다. 뒤에 있던 사람들이 암소의 발에다 밧줄을 묶어서 끌어내더니 낫으로 쓰러진 소들의 배를 갈랐다. 핏물이 토악질하듯이 솟구쳤다. 하얀 눈 마당으로 핏물이 더욱 빠르게 번졌다. 하얀 눈 마당 이곳저곳에 노란 소 오줌이 번지고 있었다. 하얀 눈 마당 곳곳에 소화되지 않은 생똥들이 뒹굴고 있었다.

"하악, 어머니이……."

쩐 투윗은 헛구역질을 하면서 주저앉았다.

시어머니의 비명 같은 탄식이 고막을 찢었다.

"오메메메에…… 이런 오살놈의 세상이 있나? 새끼가 든 어미를 죽이는 것도 모자라서 낫으로 뱃가죽을 뜯어 갈기다니, 오메에에에! 이 오살놈들아, 너희들 다 죄받는다아! 죄받아야! 눈이 있으면 봐라. 배 속에서 나온 새끼가 꼼지락거리네에……."

"빨리 모시고 가세요! 빨리!"

다시 누군가 소리쳤다.

"주여, 주여, 주여……."

시어머니는 다급하게 당신이 섬기는 신에게 도움을 청했다. 쩐 투윗도 끌려 나왔다.

집을 나오자 눈보라가 다구 얼굴로 달려들었다.

시어머니는 마을회관에 도착할 때까지 계속 신을 불렀다. 영광 할머니가 시어머니를 부축하였다. 시어머니는 누워서 계속 찬송가만 불러댔다. 시어머니를 지키고 있던 모든 기능들이 정지해버렸고 오직 찬송가가 들어 있는 테이프 하나만이 돌아가고 있는 것처럼 보였다. 영광 할머니가 물을 먹여도 보고 볼을 문지르면서 말을 시켜도 보았으나 대답이 없었다. 시어머니는 두 시간이 넘도록 계속 찬송가만 불러댔다.

소와 염소의 살처분은 오후 5시가 넘어서야 갈무리되었다. 이 장님이 회관으로 와서 상황 종료라고 말하며 마른 얼굴을 문질러댔다. 남자들의 입에서는 비릿하게 술 냄새가 풍겼다. 쩐 투윗은 남편의 얼굴에서도 빨갛게 번져 있는 술기운을 보았다. 남편은 술을 잘하지 못한다. 발걸음이 휘청거리거나 혀가 꼬부라지지 않았으나, 저 정도라면 상당히 마셨음을 알 수 있었다. 쩐 투윗은 술을 너무 많이 마시지 말라고 한마디 하려다가 오늘은 그럴 수밖에 없다고 체념했다. 남편은 시어머니를 보자마자 한숨부터 내뱉었다.

"어머니, 왜 이러세요? 일부러 정신 나간 척하시는 거예요? 아니면, 진짜 치매라도 온 거예요? 진짜 치매가 왔으면 요양원으로 보내버릴 테니까 알아서 하세요. 유진이 엄마, 얼른 어머니 집으로 모시고 가소."

쩐 투윗이 어떻게 모시고 가냐고 했더니 영광 할머니가 일어났다. 영광 할머니가 시어머니의 손을 잡아끌었다. 시어머니는 얌전한 아이처럼 끌려 나왔다.

저녁 무렵이 되면서 기온이 급격하게 떨어졌고 산과 들에는 하얀 주단이 깔렸다. 제대로 눈을 뜰 수 없을 정도로 많은 눈이 쏟아지고 있었다. 그래선지 시어머니의 입에서 흘러나오는 찬송가 소리가 더욱 경건하게 들렸다. 집은 텅 비어 있었다.

시어머니는 집에 오자마자 건전지가 방전되듯이 찬송가를 멈추고 잠이 들었다. 그 옆에서 유진이도 잠이 들었다. 그 옆에서 쩐 투윗도 잠이 들었다.

7

얼마나 잤는지 모른다. 초인종 소리가 쩐 투윗을 흔들었다. 영광 할머니였다. 쩐 투윗이 현관문을 열자 영광 할머니는 애써 목소리를 낮게 흘려냈다.

"유진이 할매는 어디 있는가? 놀라지 말고 내 말 듣게. 유진이 아범이 사고 나서 크게 다친 모양이네. 어서 병원에 갈 준비 하고 나오소. 유진이는 나한테 맡기고……."

"우리 신랑이 다쳤다고요?"

쩐 투윗이 손으로 자신의 가슴을 눌렀다.

"뭐, 뭣이여? 그게 무슨 소린가? 우리 아범이 다쳤다고!"

어느새 시어머니까지 나왔다.

영광 할머니의 목소리는 더 낮아졌다.

"어이, 그런 모양이네. 자네 바래다주고 집에서 테레비 보고 있는데 자꾸 사람들이 쿨러내서 다시 회관에 나갔다네. 한참 동네 사람들이랑 술 먹는데, 누가 유진이 아범이 안 보인다고…… 해서 남자들이 나가보니 이장 오토바이가 없어졌다고. 그래서 남자들이 찾아 나섰는데…… 오늘 소를 묻은 윤 씨네 집 근처 수로에 떨어져 있는 것을…… 이렇게 눈보라가 몰아치는데…… 오토바이를 탔으니……. 일단 G시에 있는 큰 병원에 갔으니까……."

"많이 다쳤어요? 아아, 어떡해, 어떡해!"

쩐 투윗이 급하게 옷을 챙겨 입었다. 벌써부터 눈물 이삭이 떨어지기 시작했다.

"곧 이장이 올 것이네. 아, 저기 차가 오는구먼."

차 한 대가 비상 깜빡이를 켠 채로 마당으로 들어섰다.

다행히 눈발은 가늘어져 있었다.

쩐 투윗보다 먼저 시어머니가 마당으로 나갔다. 조금 전에 찬송가를 부르던 목소리하고는 전혀 달랐다. 시어머니는 쩐 투윗처럼 소리 내어 울지도 않았고, 겉으로 불안한 표정을 드러내지도 않았다. 결연한 표정이었다.

이장님이 다행히도 근처에 종합병원이 있어서 안심이라고 말하자 시어머니도 고개를 끄덕였다.

"방금 전에 응급실에 도착했다는 전화 받았으니까 너무 걱정은 마시고요. 지랄, 눈까지 환장하게 퍼붓고 난리네! 아이고…… 나도 이번 일만 정리되면 다 팔아치우고 도시로 떠버려야지. 가서 편의점이나 하나 해서 먹고살아야지……. 징그럽다, 징그러워!"

남편의 상태는 심각했다. 의사는 조금만 늦었어도 생명의 불길이 꺼져버렸을 것이라고 하면서 의식이 언제 돌아올지는 하나님만이 안다고 하였다. 눈길에 오토바이가 미끄러지면서 수로로 떨어졌고, 그 충격으로 뇌를 약간 다친 것 같다고 의사가 언급하였다.

그때부터 시어머니의 입에서는 다시 찬송가 테이프가 돌아가기 시작했다. 같이 온 마을 사람들이 지금은 여기에 있어봤자 아무런 소용이 없기 때문에 집에 돌아가자고 해도 고개를 흔들어버렸다.

"내가 여기 있어야지 예수님이 찾아와서 우리 아들을 살려줄 것이네. 걱정하지 말고 다들 돌아가게나. 에미야, 너도 어서 가거라. 가서 유진이도 거두고. 여기는 걱정 말고. 내일도 내가 연락하기 전에는 오지 마라."

할 수 없이 쩐 투윗은 다을 사람들이랑 같이 집으로 돌아와야 했다.

쩐 투윗은 영광 할머니네 집에서 잠이 든 유진이를 안고 왔다. 유진이를 방에다 눕히고 나자 졸음이 쏟아졌다. 막상 자려고 눈을 감자 이상하게도 정신이 멀쩡해졌다. 쩐 투윗의 몸은 어서 지친 몸을 달래고 싶은 본능으로 수면의 늪에 빠져들고 싶어 했으나 정신은 점점 말똥말똥해지고 있었다. 이 극단의 충돌은 자꾸만 몸을 꼼지락거리게 하였다. 쩐 투윗은 몸을 일으켜서 냉장고를 뒤졌다. 소주가 있었다. 며칠 전에 동네 아주머니들이 와서 먹고 남긴 것이었다. 쩐 투윗은 소주 반 병을 안주도 없이 병나발을 불었다. 알코올 기운이 몸속 곳곳으로 퍼져나갔다. 이내 열이 오르고, 한숨이 터져 나오고, 몸이 뒤로 젖혀지면서 뼈들이 느물거렸다. 쩐 투윗은 그대로 몸을 뒤로 눕혔다. 천장이 빙글빙글 돌았다.

어디선가 소 울음소리가 들렸다. 처음에는 환청이라고 생각했다. 그 많은 소들을 죽였으니 환청이 생기는 건 당연하지, 하고 모로 누웠다. 벽에 걸려 있는 남편이랑 찍은 결혼사진이 눈에 들어왔다. 쩐 투윗은 저도 모르게 벌떡 일어나서 남편이 환하게 웃고 있는 사진 앞으로 가다가 다시 소 울음소리를 들었고, 순간적으로 멈칫하면서 고개를 흔들었다.

또다시 소 울음소리가 들렸다. 환청이 아니었다. 분명히 어디선가 소 울음소리가 애절하게 방 안으로 스며들고 있었다.

쩐 투윗은 하얀 마당으로 나갔다. 눈은 수제비 덩어리처럼 뭉텅뭉텅 떨어지고 있었다.

쩐 투윗은 그 마당으로 걸어가다가 다시 소 울음소리를 들었다. 소 울음소리는 창고에서 흘러나오고 있었다.

"제발 모든 게 꿈이었으면 좋겠어. 이 송아지 울음소리도…… 오늘 소들이 죽은 것도…… 신랑이 사고 난 것도…… 다 꿈이었으면. 제발, 제발, 제발……."

쩐 투윗은 조심조심 창고로 갔다. 숨을 한 번 쉬고 창고 문을 잡아당겼다. 짚단이 어지럽게 흩어져 있었다. 쩐 투윗이 손전등으로 창고 안을 비추기 시작했다. 암소들이 매어져 있던 곳에는 생똥과 사료들이 뒤범벅이 되어 있었다.

쩐 투윗은 그럼 그렇지 하고 한숨과 함께 환청이었구나 하고 돌아서다가 부스럭거리는 소리를 들었다. 정미 기계 주위에 쌓여 있는 짚단이 꿈틀거리더니 눈물이 그렁그렁한 송아지 한 마리가 얼굴을 내밀었다.

쩐 투윗은 하도 놀라서 하마터면 비명을 지를 뻔했다. 고개를 흔들고 눈을 비볐다. 믿어지지 않았다. 털 색깔로 보아 오늘 어미의 배 속에서 나온 녀석임을 알 수 있었다. 첫눈에 녀석의 어미가 외뿔이었음을 알 수 있었다. 녀석은 어미를 빼닮았다.

순간 가슴 저 밑바닥에 고여 있던 뜨거운 눈물이 솟구쳤다. 외뿔이는 출산일을 며칠 남겨놓은 상태였다. 제 죽음을 직감한 외뿔이는 지금까지 살아온 모든 힘을 모아서 저 핏덩이를 자궁 밖으로 밀어냈을 것이며, 저 핏덩이가 사람들 눈에 띄지 않게 태를 씹어 삼키고 저 짚단 속으로 밀어 넣었을 것이다.

쩐 투윗은 거기까지 상상하다가 바로 앞으로 다가온 송아지를 와락 끌어안았다. 송아지의 따뜻한 숨결이 온몸을 데워주었다. 송아지는 가만히 있었다. 쩐 투윗은 송아지 등을 토닥거리면서,

"괜찮아, 괜찮아. 내가 엄마가 되어줄게. 내가 엄마야, 내가……."

그렇게 말을 하면서 얼굴로 하염없이 흘러내리는 눈물을 송아지 볼에다 문지르는데, 송아지는 그 말을 알아듣기라도 했는지 쩐 투윗의 손을 빨아대기 시작했다. 어찌나 강렬하게 빨아대는지 송아지 입으로 들어간 오른쪽 집게손가락이 목구멍으로 빨려들 것만 같았다.

쩐 투윗은 녀석이 얼마나 배가 고픈지 알았다. 하루 종일 아무것도 먹지 않고 불안과 공포를 이겨낸 저 어린 눈을 보니 마음이 급해졌다.

쩐 투윗은 조금만 기다리라고 말을 하고는 아들이 먹었던 젖병

에다 우유를 담아 왔다. 송아지는 쩐 투윗이 내미는 젖병을 조금
도 망설이지 않고 빨아댔다. 얼마나 허기졌는지 젖병을 다 비우고
도 입에서 놓지 않았다. 쩐 투윗은 다시 우유를 가지고 왔다. 냉장
고에 있는 우유병이 바닥이 났다. 그래도 송아지는 더 달라고 보
챘다. 쩐 투윗은 물을 타서 먹이면서, 오늘은 이것밖에 없으니까
내일 많이 주겠노라고 녀석을 달랬다.

송아지는 물을 두 병이나 마시고 나서야 배가 탱탱해졌으며,
창고 안을 한 바퀴 돌아다니면서 어미의 냄새를 확인하더니 쩐
투윗 앞에 와서 주저앉았다. 쩐 투윗도 그제야 이 송아지가 사람
들에게 알려지면 안 된다고 고개를 흔들어댔다.

생각만 해도 소름이 끼쳤다. 도대체 외뿔이가 언제 이 송아지
를 낳아서 이 짚단 속으로 숨겼는지는 신만이 알 수 있으나, 분명
한 것은, 지금 이 어린것의 목숨도 안전하지 않다는 사실이다. 만
약 다른 사람들 눈에 띄기만 하면 곧바로 생매장될 게 뻔하다.

8

쩐 투윗은 이 순한 생명을 어떻게 해야 하는지 궁리하기 시작
했다. 유진이처럼 방 안에다 키우고 싶다는 생각을 하다가 고개를
흔들어버렸다. 송아지는 똥오줌을 가리지도 못한다. 게다가 날마

다 사람들이 드나들기 때문에 안전하지 않다. 방보다는 이곳이 더 안전할지도 모른다. 송아지가 소리치지 않는다면 안전하겠지만, 녀석의 입에다 부리망을 씌워둔다고 해도 소리치는 걸 막을 수는 없다. 송아지가 마음껏 소리쳐도 사람들 귀에 들리지 않는 곳, 그런 곳이어야 한다. 땅속 깊숙한 곳에다 이 송아지를 숨겨둘 수만 있다면, 구제역이 물러갈 대까지만 숨겨둘 수만 있다면…… 그런 생각을 하다가, 쩐 투윗은 벌떡 일어났다. 집 뒤에 있는 교회가 떠올랐다.

교회에는 지하실이 있었다. 원래는 6·25 때 예배당 곁에다 굴을 파고 전도사가 몇 달간 두더지 노릇을 하던 곳이라 아주 좁았는데, 남편이 어렸을 때 제법 크게 파고 수리를 하여 아이들 놀이방으로 꾸며졌다. 워낙 지대가 높은 곳이라서 습기도 거의 차지 않는다고 하였다. 거기라면 이 송아지가 마음껏 소리쳐도 된다.

쩐 투윗은 송아지를 끌고 가기 위해서 목에다 줄을 묶었다.

"송아지야, 가자, 가자. 거기만 가면 너는 살 수 있어. 답답해도 조금만 참아. 구제역이 물러갈 때까지만. 알았지?"

쩐 투윗은 송아지의 눈을 보고 간절하게 말했다. 송아지는 그 말귀를 알아듣지 못하고는 어디서 그런 힘이 생겨났는지 모르겠지만 네발로 완강히 버티었다. 쩐 투윗은 다시 송아지한테 간절히 말을 한 다음 잡아끌었다. 그제야 송아지는 조금씩 끌려 나왔다. 마당으로 나온 뒤에는 쩐 투윗이 끄는 대로 잘 따라왔다.

송아지는 하늘에서 떨어지는 눈이 신기했는지 종종 걸음을 멈추고 냄새를 맡기도 하였고, 뜨거운 혀로 눈을 핥기도 하였다.

교회당 지하로 들어가는 문은 교회 뒤쪽에 있었다. 열쇠가 잠겨 있었다. 쩐 투윗은 돌멩이로 열쇠를 내리쳤다. 녹이 슬고 오래되기는 했으나 쇳덩어리인지라 쉽게 끊어지지 않았다. 쩐 투윗은 한 시간이 넘도록 쉬지 않고 돌멩이로 내리쳐서야 열쇠를 부술 수 있었다. 쩐 투윗의 손에서 피가 흘렀다. 쩐 투윗은 혀로 자신의 피를 핥아낸 다음 지하실 문을 열었다.

지하실 바닥에는 오래된 곰팡이 냄새가 코를 찔렀다. 노란 장판 위에 오래된 책들이 나뒹굴었다. 다행히 물이 샌 흔적은 없었다. 그동안 쥐들이 날마다 모여서 예수님을 찬양했는지 어쨌는지 알 수 없으나 바닥은 쥐똥밭이었다. 쩐 투윗은 대충 종이를 뭉쳐서 쓸어낸 다음 송아지를 어떻게 안으로 끌어들일지 궁리하였다. 지금 상태로는 송아지를 지하실로 끌어들일 수가 없었다. 지하실은 생각보다 깊었고, 나무로 만들어진 계단은 너무 좁아서 네발쟁이 송아지가 내려올 수 없었다. 그렇다고 송아지를 안고 내려올 수도 없는 노릇이었다. 송아지를 밧줄로 묶어서 천천히 내려놓는 방법이 떠올랐으나 혼자서는 불가능했다.

쩐 투윗은 어두운 예배당 지하실에 웅크리고 앉아 있었다. 그렇게 얼마나 지났을까. 쩐 투윗은 자기 머리를 툭 치면서 일어났다. 그때부터 쩐 투윗은 쉬지 않고 집에서 짚단을 날랐다. 얼마나 많이 넘어졌는지 기억할 수조차 없었다. 짚단이 지하실로 내려가는 계단 밑으로 수북하게 쌓였다. 쩐 투윗이 시험 삼아 그곳으로 뛰어내렸다. 짚단들이 쩐 투윗의 무게를 안전하게 받아주었다.

쩐 투윗은 송아지 끈을 잡고 지하실 안에서 끌어당겼다. 송아지는 지하실 문 앞에 서자 망설였다. 아무리 힘으로 잡아당겨도 소용없었다.

쩐 투윗은 밖으로 나가서 송아지를 뒤에서 밀어버렸다.

송아지는 얼결에 떨어지면서도 중심을 잡았고, 짚단 위에서 천천히 아래로 내려왔다. 쩐 투윗은 바닥에다 송아지가 먹을 물을 주었다. 창문이 세 개 있었으나 열리지는 않았다. 그곳으로 빛이 들어와서 그리 어둡지도 않았다. 혼자라서 외롭기는 하겠지만 그건 어쩔 수 없었다.

새벽이 되어도 눈발의 기세는 꺾이지 않았다.

쩐 투윗과 송아지의 발자국도 감쪽같이 지워져 있었다.

이모님은 텔레비전을 보다가 그대로 누워서 잠이 들어버렸다. 방에다 이불을 깔아줄 틈도 없었다. 쩐 투윗은 이불을 가져다가 이모님을 덮어주고는 냉장고 문을 열었다. 마음이 급했다. 고막에서 송아지 울음소리가 메아리쳤다. 우유는 1.8리터 한 통밖에 없었다. 쩐 투윗은 다른 통에다 절반을 따랐다. 밖으로 나가기 전에 슬그머니 이모님을 보았다. 이모님은 시어머니하고는 달리 거의 숨소리도 내지 않고 조용하게 잠들어 있었다.

쩐 투윗은 물통이랑 우유통을 들고 집 뒤로 올라갔다. 달이 없어도 잘 여문 별빛만으로도 충분히 길은 짚어 갈 수 있었다. 밤새들이 춤을 추었다. 잠깐 교회당의 실루엣이 흔들렸다. 쩐 투윗은 곧장 지하실 문 앞으로 갔다.

문을 열고 손전등을 켰다. 손전등을 잡은 쩐 투윗의 손이 떨렸다. 불빛이 여기저기 날아가다가 문 바로 밑에 있는 구석에서 멈췄다.

송아지의 눈이 파랗게 빛나고 있었다. 아무도 없는 이곳에서 오늘 하루도 잘 견디어내고 있었다. 쩐 투윗은 얼른 문을 닫고 계단으로 내려갔다.

송아지가 "엄마아~!" 하고 다가왔다.

"미안해. 이제 와서 미안해. 많이 배고팠지? 쯧쯧쯧, 불쌍한 것……."

쩐 투윗은 젖병에다 우유를 담아서 내밀었다.

송아지는 맹렬하게 젖병을 빨아댔다. 이내 젖병이 비워졌다. 안타깝게도 더 이상 먹일 우유가 없었다.

"미안해. 조금만 참아. 내일은 우유를 많이 사 올 테니까."

쩐 투윗은 송아지 돈을 긁어주면서 달래고 함지박에다 물을 부어주었다. 송아지는 물을 쭉쭉 빨아 마신 다음 다시 쩐 투윗에게 와서 젖을 달라고 보쳤다. 배는 홀쭉했으며 몸은 깡말랐다. 어서 구제역이 사라져야만 송아지를 축사로 데리고 나갈 수 있다. 몇 번이나 시어머니한테 송아지의 존재를 알릴까 하다가 도리질하였다. 구제역이 사라질 때까지는 시어머니가 아니라 예수님한테도 알리고 싶지 않았다. 어떤 일이 있더라도 저 송아지만큼은 지켜내리라.

송아지는 계속 쩐 투윗의 얼굴에다 볼을 비비고 젖을 달라고 보챘다.

"어떡하니, 어떡하니, 어떡하니……."

그때 호주머니 속에 있는 두유가 떠올랐다. 쩐 투윗은 잠바 속에서 두유를 끄집어내서 젖병에다 넣었다. 송아지는 그것마저 순식간에 빨아 마셨다. 그러고도 물러나지 않았고 자꾸만 젖병을 쥐고 있는 쩐 투윗의 손가락을 빨았다.

"이제 정말 없어. 이제 정말 없어. 아아, 어떡하니……."

쩐 투윗은 송아지 목을 와락 끌어안았다. 송아지의 혀가 목을 간질였다. 그 뜨거운 간질임이 온몸으로 퍼져나갔다.

송아지는 계속 어미의 젖을 찾았다.

유진이는 15개월째인 열흘 전부터 어미의 젖을 멀리하였다. 아주 심한 독감에 걸려 사흘간 병원에 입원을 하였는데, 그때부터 젖을 물지 않았다. 처음에는 링거를 맞아서 그런가 보다 했는데 퇴원한 뒤에도 찾지 않았다. 쩐 투윗이 퉁퉁 불은 젖을 억지로 물리면 몇 번 빨다가 이내 젖꼭지를 밀어내고는 고개를 흔들어버렸다. 시어머니는 차라리 잘된 일이라고 하였으나 밤마다 이불이 흥건히 젖도록 흘러나오는 젖을 볼 때마다 속이 상하고 한편으로는 서운해지기도 하였다. 유진이가 젖을 멀리하자 심하게 젖몸살이 찾아왔다. 가렵고 아팠다. 젖 뭉치 속에 주먹만 한 돌멩이가 들어앉아서 괜히 심통을 부리는 것만 같았다. 다행히도 약을 먹자 천천히 젖몸살이 가라앉았다. 그래도 사흘 전까지만 하여도 밤마다 젖물이 넘쳐흘러서 등에다 수건을 깔고 자야 했다.

쩐 투윗은 그런 생각을 하면서 자신의 젖을 송아지한테 물렸다.

"제발 젖이 나와야 할 텐데, 제발……."

송아지가 혓바닥으로 어미의 젖을 감싸고는 이 세상 모든 것들을 빨아들일 듯한 엄청난 힘으로, 어미의 몸속으로 흐르는 오래된 물을 빨아올리고 있었다.

발표지면

고양이가 기른 다람쥐, 작품집 『하늘로 날아간 집오리』(1997년)

삼겹살, 『본질과 현상』 2012년 겨울호

젖, 『시와 동화』 2012년 겨울호

시인과 닭님들, 미발표

숨탄것의 운명,
소설의 운명

박상률(소설가)

소설에서 즐겨 다루는 것은 성공담이나 승리자의 이야기가 아니다. 오히려 실패담이나 패배자의 변을 즐겨 다룬다. 왜 그럴까? 소설은 서술이 많은 수기 내지는 수필이 아니기 때문이다. 소설은 서술보다는 묘사가 많은 이야기다. 그것도 약자와 결핍에 관한 묘사가 많은 이야기.

서술이 많다는 것은 작가가 자신이 겪은 일 혹은 인생관이나 세계관을 마구 설파하고 있다고 보면 된다. 작가가 할 말이 많은 것이다. 그러니 수기 내지 수필은 작가가 하고 싶은 말을 액면 그대로 적는다. 이에 비해 소설은 작가가 아무리 하고 싶은 말이 많아도 등장인물의 입과 눈을 통해야 한다. 작가가 직접 개입하지 않는다. 그러니 소설에선 작가의 입에서 줄줄 흘러나오는 서술보다는 등장인물의 행위를 그리는 묘사가 더 많을 수밖에 없다.

묘사가 많다 보니 작가는 겉으로 잘 드러나는 승리자 내지 강자의 행위보다는 잘 드러나지 않는 소외자 내지 약자의 행위에 더 집중을 하게 된다. 소외자와 약자는 자신을 전면에 내세우지 않는다. 직접적으로 자신의 사정을 줄줄 늘어놓지 않는다. 오로지 작가의 묘사를 통해서 속내를 간접적으로 전한다. 독자는 작가가 묘사해놓은 등장인물의 온갖 행위에서 작가의 목소리도 같이 듣는다.

이상권의 소설에 등장하는 소외자 내지 약자는 주로 동물, 풀꽃 등 사람의 지배 아래에 있는 것들이다. 그러한 것들은 늘 '하찮고 보잘것없어 보이는' 외피를 두르고 있다. 하지만 이상권의 눈에 한번 포착된 것들은 그렇게 쉽게 단정되지 않는다. 이상권이 '하찮고 보잘것없어 보이는', 자신의 직접적인 목소리를 내는 기구를 갖지 못한 소외자 내지 약자들의 대변인 노릇을 해주기 때문이다. 이상권이 그러한 것들의 속내를 잘 묘사해내는 작가라는 말이다.

『고양이가 기른 다람쥐』에 들어 있는 단편 모두 하나같이 자신의 목소리를 직접 전하지 못하는 소외자 내지 약자들이 주인공이다.

『고양이가 기른 다람쥐』에는 표제작인 「고양이가 기른 다람쥐」를 비롯해 「시인과 닭님들」, 「삼겹살」, 「젖」 등 모두 네 편의 단편소설이 들어 있다. 네 작품 모두, 그동안 작가가 관심을 두고 있던 동식물의 생존 문제가 곧 사람의 생존 문제로 연결되고 있음을 보여준다. 비교적 전통적(?)인 생태 문제를 다룬 작품은 「고양이가 기른 다람쥐」와 「시인과 닭님들」이다.

생태 문제는 숨탄것들, 즉 목숨을 받고 세상에 나온 뭇 생명체들이 지닌 본질적인 둔제이지만, 동식물의 생태 문제는 곧 사람의 생명 문제이기도 하다는 것이 작가 이상권의 생각이다. 먼저 생태 이야기꾼 이상권표 작품이라 할 수 있는 것을 살펴보자.

「고양이가 기른 다람쥐」는 제목 그대로 고양이가 다람쥐를 기른 일을 형상화시킨 작품이다. 제목을 보자마자 독자들은 '육식을 주로 하는 고양이가 채식을 하는 다람쥐를 어떻게 길렀다는 거야?' 하며 고개를 갸우뚱거릴 것이다. 소설 머리에 다람쥐가 집에 처음 나타난 때를 적어놓은 걸 보고선 독자는 실제로 있었던 일이구나 했겠지만 독자로선 다분히 의문을 가질 만하다.

작가는 어머니의 샌신, 다람쥐가 따 온 빨간 감, 보일러실, 고구마 등을 통해 다람쥐와 자신의 첫 조우를 일단 실감 나게 그린다.

다람쥐는 빨간 감을 따서 입에 물고는 내려온다. 능숙한 솜씨다. 제 머리통보다 큰 감이건만 무겁지도 않은 모양이다. 다람쥐는 장독대 옆으로 해서 부엌 옆에 달린 보일러실로 들어간다.

나는 어머니에게 다람쥐가 보일러실에서 사는 모양이라고 속삭인다.

어머니는 알고 있다는 표정으로 헛기침을 하신다.

"허허, 그 녀석도 내 생일을 아는 모양이구먼. 나한테 선물 주려고 그러는 모양이다."

"아니, 다람쥐가 어머니 생신을 알아요? 무슨 말씀인지 저는……."

아내는 농담도 잘하신다는 표정으로 웃는다.

"사실이야. 두고 봐라. 그 녀석이 감을 들고 올 테니까."

다람쥐에게 '그 녀석'이라고 말하는 품이 정겹게 느껴진다. 어머니는 다정한 눈빛으로 다람쥐를 내려다보고는 다람쥐에 대한 이야기를 들려주신다.(「고양이가 기른 다람쥐」, 108쪽)

나아가 작가는 다람쥐가 어머니 앞에 나타난 일을 세세하게 묘사함으로써 작품의 사실성을 높이는데, 어머니가 이야기를 들려주는 방식을 택함으로써 다람쥐의 현실적 존재를 더욱 부각시킨다.

"옜다, 이거 먹으렴."

어머니는 고구마 한 개를 반으로 쪼개서 던져주었다. 다람쥐가 어머니 눈치를 살폈다. 어머니가 웃어주었다.

"괜찮다, 어서 먹으렴. 나는 너를 잡을 만큼 빠르지도 않단다. 너를 잡아서 키울 만큼 부지런하지도 않고, 너를 잡아서 팔 만큼 욕심도 없단다. 그러니까 안심하고 먹으렴."

어머니는 다람쥐가 사람 말을 알아듣는다고 생각했다. 그것은 어머니의 어머니가 가르쳐준 진리였다. 사람하고 가깝게 살아가는 동물 앞에서는 말을 함부로 하지 말라고.

"특히 집에서 기르는 짐승들은 사람 말을 알아들어. 소도 알아듣고, 돼지, 개, 닭, 염소도……. 쥐는 사람이 기르지는 않지만 사람과 같이 살지. 그래서 쥐도 사람 말을 알아듣는단다."

어머니는 우리에게도 그런 말을 자주 하셨다.

과연 다람쥐는 어머니의 말을 알아들었다. 어머니가 옆에 가도 도망치지 않았다.

하루 이틀 날이 가고, 어머니는 그날 일을 까마득히 잊어버렸다.(「고양이가 기른 다람쥐」, 110~111쪽)

어머니는 다람쥐를 만나게 된 날의 이모저모를 들려준다. 어머니는 동물, 특히 집에서 기르는 짐승들은 사람 말을 알아듣기에 사람 가까이 사는 동돌 앞에서는 말을 함부로 해서는 안 된다고 했다. 어머니가 다람쥐와 가까운 사이가 된 것도 사람에게 말하듯이 다람쥐에게 편하게 말을 한 데서 비롯하였다.

어찌 보면 다람쥐는 어머니에게 자식이나 마찬가지였는지 모른다. 자식에게 하듯이 말을 건넨 것이다. 어머니는 다람쥐에게서 자식의 정을 느꼈는지 모른다. 그리하여 마침내는 개보다 다람쥐가 본인의 말을 더 진지하게 들어주기에 좋다는 인식도 하게 된다.

어머니는 자식에게 쏟는 정을 다람쥐에게 쏟았기에 다람쥐가 보이지 않자 '동물에게 정을 주면 못 쓴다'던 옛날 사람들의 말을 떠올리기도 한다. 그때 다람쥐는 보일러실에 새끼를 낳고 온 것이다. 어머니는 보일러실 문에다 새끼줄로 금줄을 쳐주며 다람쥐의 출산을 축하해준다. 이후 어머니는 다람쥐의 먹이를 구해주며 거의 사람 산모를 돌보듯이 해준다. 그러나 어머니가 집을 오래 비운 사이 비극이 일어나고 말았다. 먹이를 받아먹는 데 익숙했던 어미 다람쥐가 배고픔을 견디지 못해 오랜만에 밖에 나왔다가 목숨을 잃어버린 것이다. 야생 다람쥐의 본능을 잃어버려 다람쥐 특유의 주의력 없이 밖에 나온 바람에 부엉이에게 잡아먹혀 버린 것이다. 이런 판국인데 그가 낳은 새끼들이라고 온전할까? 결국 다람쥐 새끼는 두 마리만 남고 다 죽어버렸다.

이렇게 남은 다람쥐 새끼를 보일러실에 새끼를 낳은 고양이가 양육을 한다. 고양이는 다람쥐의 천적인데 말이다. 고양이는 다람쥐 새끼도 자기 새끼로 여기고 의붓어미 역할을 충실히 한다. 고양이의 양육을 받고 자란 다람쥐 새끼는 자신도 고양이라고 생각했다. 그러나 그런 착각은 다른 고양이한테는 안 통했다. 다람쥐만의 생활을 배우지 못한 새끼 다람쥐는 이웃집 고양이한테 물려 죽고 만다.

"자, 너는 다람쥐야. 고양이가 아니란다. 자, 고기보다 도토리가 더 맛있을 거야. 먹어봐. 옳지. 고양이는 다람쥐를 잡아먹는 무서운 동물이야. 그러니 고양이를 보면 일단 도망쳐야지. 어디로? 나무 위로 도망쳐야지. 너는 나무를 잘 타니까. 물론 고양이도 나무를 잘 타지만, 너만큼 빠르지는 못해."(「고양이가 기른 다람쥐」, 122~123쪽)

어머니는 다람쥐가 다람쥐 본성을 획득하기를 바란다. 어디까지나 고양이는 고양이이고 다람쥐는 다람쥐이니까. 숨탄것들의 운명은 쉽게 바뀌지 않는다는 것을 어머니는 너무나 잘 알고 있기 때문이다.

숨탄것들의 운명은 「시인과 닭님들」에서도 나타나 있다. 「시인과 닭님들」은 실명 소설이다. 문인들의 이름이 실명 그대로 나온다. 이렇게 된 건 작가의 집에서 기르던 닭을 홍일선 시인의 집으로 보낸 사연이 소설의 뼈대를 이루고 있기 때문이다.

작가는 서울을 떠나 산골 마을의 전원주택 단지에서 살게 되었다. 마당을 뒤덮은 풀 때문에 고심하던 작가는 어머니의 권유에 따라 닭을 키우기로 마음먹는다.

"그럼 닭을 키워봐라. 닭 10여 마리 거기다 풀어놓으면 지아무리 춤추고 배짱 좋은 풀이라고 해도 버티지 못할 것이다. 토종닭 풀어놓으면 그 주둥이로 정신없이 뜯어 먹고 발로 밟아대고 제초제보다 더 독한 똥 싸발기고 하면, 아무리 징한 풀이라고 해도 고개가 꺾이고 말아야. 그게 최고다. 그렇다고 염소나 소를 키울 수는 없을 테니까."(「시인과 닭님들」, 44쪽)

작가는 장에서 닭을 사다가 기른다. 먼저 암탉을 기른 뒤 그 암탉들의 짝이 될 수탉을 구한다. 수탉을 구하기 위해 애쓴 사연은 여러 쪽에 걸쳐 그려져 있다. 마침내 작가가 구한 수탉은 암탉에게 좋은 남편이 된다. 그렇게 해서 소설이 매듭지어졌다 해도 무방하리만큼 수탉의 성장사도 만만치 않다. 그런데 문제는 엉뚱한 데서 터진다.

전원주택 단지에 들어와 있는 옥 회장, 김 사장, 최 사장 들로 지칭되는 인간들이 닭과 공생을 못하겠다며 닭을 내쫓으라는 것이다. 그들은 지하수 오염, 조류독감, 구제역 등의 핑계를 대며 작가의 집에서 닭을 몰아내고자 한다. 이러저러한 과정을 거쳐 닭은 결국 홍일선 시인의 집으로 보내진다.

"알았네. 정 보낼 데가 없으면 우리 집으로 보내게. 안 그래도 닭을 한번 키워볼 마음도 없지는 않았네만, 워낙 조류독감이 난리여서 엄두를 내지 못하고 있었네. 내가 한번 최선을 다해서 키워보겠네."(「시인과 닭님들」, 81쪽)

서울살이를 청산하고 남한강가에 진즉 자리를 잡아 살고 있던 홍일선 시인도 4대강 사업이니 조류독감이니 하는 것들로 하루도 마음이 편한 상태는 아니었다. 그런데도 후배 작가의 사정이 딱하게 된 것을 못 보고 자신이 짐을 떠맡은 것이다.

"처음 이곳에 왔을 때는 너무 좋아서 잠이 안 왔네. 여울 소리를 듣기만 해도 가슴이 설레는 바람에 오히려 시 한 편도 못 썼네. 논밭일도 신명 나고, 아침저녁으로 저 강변에 나가면 경배하듯이 감사의 기도가 절로 나왔지. 나 혼자 행복해서, 나 혼자만 너무 행복해서 다른 사람들에게 미안할 정도였다네. 상권이 자네 생각도 많이 했지. 그런데 저 강이 한반도 대운하로 망가져간다니……."(「시인과 닭님들」, 83쪽)

시인의 집에 자리를 잡은 닭들은 조류독감에도 끄떡하지 않고 건강하게 자랐다. 암탉은 본성대로 사방 천지에 알을 낳고, 수탉은 그런 암탉을 보호하였다. 그런 닭을 시인은 마침내 '닭님'이라 부르게 되었다.

산에다 알을 낳은 뒤 병아리를 깐 암탉들은 그 병아리를 데리고 산을 내려왔다. 괴물 같은 포클레인 소리도 삐악거리는 작은 병아리 소리를 묻어버리지는 못했다.

시인의 집에서는 폭우, 폭설, 강 파괴, 조류독감에도 불구하고 닭 다섯 마리가 800여 마리로 불어났다. 숨탄것은 어떤 재앙도 딛고 일어선다는 것을 알 수 있다. 오히려 숨탄것들의 우두머리라 하는 인간이 다른 숨탄것들의 재앙이기도 하지만!

「삼겹살」에는 인간이 다른 숨탄것들을 어떻게 대하는지 적나라하게 그려져 있다.

삼겹살을 무척 좋아하던 오빠가 삼겹살을 먹기만 하면 토하는 사연은 뭘까? 이야기의 기본 줄거리는 오빠가 삼겹살을 먹고 토하게 된 이유다.

"……나 요새 삼겹살만 먹으면 이렇게 토해. 단 한 점만 먹어도 토해. 아무리 참으려고 해도 막 아우성치듯이 토해져 나와."(「삼겹살」, 15쪽)

오빠가 삼겹살을 먹기만 하면 토하게 된 건 군에서 대민 지원을 나갔을 때 겪은 일 때문이다. 이름하여 트라우마! 오빠는 동물을 살처분하는 대민 지원을 했다.

"돼지는 마취제를 놓아도 마취가 잘 되지 않아서 그냥 생매장을 해야 합니다. 그래서 어제보다 더 군인들의 도움이 필요합니다. 여차하면 돼지들이 사방으로 튀어 나가니까 구덩이로 몰아넣을 때

군인들이 잘 좀 도와주십시오.”(「삼겹살」, 23쪽)

돼지 살처분 현장을 지휘하는 공무원이 대민 지원을 나온 군인들에게 한 말이다. 군인들은 구덩이를 파고 돼지를 구덩이로 몰아넣는다.

돼지 위로 돼지가 덜어지고 또 돼지가 떨어지고 떨어지고…….
(「삼겹살」, 24쪽)

돼지들도 인간과 같은 생명체라는 사실을 무시한 조치였다. 하지만 숨탄것은 서로 연결되어 있다. 오빠는 삼겹살을 먹을 때마다 아우성치던 돼지가 떠올랐다. 살처분 현장에 갔던 다른 군인들도 잠을 못 자고, 어지럽고, 토하고, 헛소리를 하는 등 트라우마에 시달리기는 마찬가지였다.

오빠는 이른바 모범생이었다. 그래서 엄마는 걸핏하면 나에게 '오빠를 봐라, 오빠처럼 살아라' 하며 오빠를 들먹였다. 하지만 나는 엄마가 오빠를 들먹일 때마다 오빠라는 존재로부터 달아나고 싶었다. 나에게 오빠는 오르기 힘든 산이나 마찬가지였다. 그런 오빠가 살처분 트라우마에 시달리다니. 오빠 역시 숨탄것의 운명에서 벗어나지 못하고 있었던 것이다.

「젖」 역시 살처분 이야기다. 살처분 이야기이되 베트남에서 한 국으로 시집 온 쩐 투윗의 이야기이기도 하다.

먼 이국 땅인 한국 농촌 마을로 시집 와서 살고 있는 쩐 투윗 자신의 삶도 신산하지만, 억지로 목숨을 끊어야 하는 동물들의 신세도 가련하기는 마찬가지이다. 그래서 그랬는지 쩐 투윗은 자신이 구제역에 걸린 꿈을 여러 차례 꾸기도 했다.

"……소, 닭, 돼지, 염소, 오리…… 오랜 세월 인간이랑 같이 살아온 보살님들이여, 우리 어리석은 인간들을 용서하소서. 인간의 무지와 탐욕이 이런 끔찍한 재앙을 불러왔습니다. 소, 닭, 돼지, 염소…… 오랫동안 인간의 살과 영혼이 되어온 보살님들이여, 부디 우리 인간들의 어리석은 탐욕을 용서하시고, 원망을 푸시고, 다시는 인간들의 가축으로 태어나지 마십시오……. 자, 그러하니 모든 원한과 근심을 다 내려놓으시고 편안하게 떠나가십시오. 그리고 이 사바세계에 다시는 나타나지 마십시오……."(「젖」, 147쪽)

쩐 투윗은 스님의 말을 다 알아들을 수는 없지만 스님이 구제역이랑 조류 독감으로 죽은 동물들의 제사를 지내고 있다는 것쯤은 안다. 쩐 투윗은 베트남에 살 때에도 특별한 종교를 갖고 있지 않았다. 다만 조상들이 그러했듯이 쩐 투윗도 모든 숨탄것들은 혼이 있으며, 생명은 돌고 돈다는 부처님 말씀은 옳게 생각하고 있

다. 그런 쩐 투윗이기에 병원에 있는 남편이나 구제역에 시달리는
동물이나 같은 목숨을 가진 생명체로 느껴지는 것은 당연하리라.
그래서 당산나무 앞에서 빌기도 한다.

"당산나무 신이시여…… 비나이다. 우리 착한 신랑님을 보살펴
주십사요. 우리 착한 신랑님을 제발 일어나게 해주십사요. 우리 신
랑님은 꼭 일어나야 합니다. 그래서 시어머니랑 우리 아들이랑 다
같이 잘살아야 합니다. 우리 신랑님은 아주 착합니다. 평생 죄 안
짓고 살았습니다. 교회에도 잘 나가고, 남을 미워하지도 않았습니
다요. 제발 우리 신랑님을 다시 건강하게 해주십시오. 당산나무 신
이시여, 저도 시어머니 미워하지 않을 겁니다. 맹세합니다. 저 절대
도망 안 갑니다. 그러니 저 믿고 제발 우리 신랑님 건강하게 해주
십사요. 네에, 제발, 제발…….."(「젖」, 151쪽)

시어머니는 소의 살처분을 면하기 위해 이장에게 이런저런 부
탁을 해보지만 소용이 없었다. 임신한 소만이라도 살처분을 면했
으면 좋겠다고 생각했다. 그러나 소용이 없었다.
신랑이 쩐 투윗의 소라그 정해준 외뿔이도 출산 예정일이 얼마
남지 않았다. 시어머니는 임신한 소들을 빼돌렸다. 하지만 역부족
이었다. 살처분의 전쟁을 한바탕 치른 뒤엔 시어머니도 쩐 투윗도
다 지쳐 떨어졌다. 무엇보다도 큰일은 신랑이 그 와중에 사고를

당해 생사의 기로를 서성이게 된 일이다

남편이 병원에 드러눕자 시어머니가 보여주는 태도는 말 그대로 가관이다. 일단 베트남 며느리가 도망갈까 봐 주민등록증, 휴대전화 등을 다 빼앗아버린다. 하지만 쩐 투윗은 그런 시어머니를 미워하지 않을 테니 신랑이 일어나기만 했으면 좋겠다고 당산나무에게도 빌었다.

외뿔이는 용케 자신을 닮은 송아지 한 마리를 남겼다.

쩐 투윗은 하도 놀라서 하마터면 비명을 지를 뻔했다. 고개를 흔들고 눈을 비볐다. 믿어지지 않았다. 털 색깔로 보아 오늘 어미의 배 속에서 나온 녀석임을 알 수 있었다. 첫눈에 녀석의 어미가 외뿔이었음을 알 수 있었다. 녀석은 어미를 빼닮았다.(「젖」, 198~199쪽)

쩐 투윗이 소 울음 소리를 듣고 마당에 나와 창고 문을 열고 짚단을 들여다보자 뜻밖에 송아지가 있었다. 쩐 투윗은 외뿔이가 살처분당하기 전 송아지를 낳아 온 힘을 다해 짚단 안으로 밀어 넣었을 것이라고 생각하니 눈물이 쏟아졌다. 송아지는 어미를 잃어 제대로 먹지 못한 상태였다. 쩐 투윗은 자신의 젖을 송아지에게 먹여야겠다고 생각했다. 마침 얼마 전 딸 유진이가 젖을 뗴었다.

“제발 젖이 나와야 할 텐데, 제발……”

송아지가 혓바닥으로 어미의 젖을 감싸고는 이 세상 모든 것들을 빨아들일 듯한 엄청난 힘으로, 어미의 몸속으로 흐르는 오래된 물을 빨아올리고 있었다.(「젖」, 207쪽)

찐 투윗이 자신의 젖을 송아지에게 먹이는 장면이다.

이로써 작가는 숨탄것은 모두 한 생명체라는 것을 말한다. 죽는 순간에 배 속의 생명체를 기적적으로 살리고 죽는 어미 소, 그 어미 소를 기른 사람의 젖을 먹고 힘을 얻는 송아지…….

숨탄것들의 운명은 슬프다. 나고, 병들고, 마침내 죽어야 한다. 숨탄것들 가운데 인간의 탐욕 때문에 다른 숨탄것들은 안 걸려도 될 병에 걸리기도 하고, 억지로 죽기까지 해야 한다.

이상권은 자타가 공인하는 생태 이야기꾼이다. 그의 생태 이야기는 이제 동식물을 넘어 인간의 생태에까지 걸쳐 있다. 생태가 동식물의 단순한 환경 문제가 아니라 인간 생명의 문제로까지 이어진 것이다.

이상권은 어떤 패배자 내지 약자에게서도 생명의 연속을 본다. 생태가 생태로 그치지 않고 비로소 생명을 얻는 순간이다. 진정한 생태 이야기가 어찌해야 하는지를 알게 해주는 지점이다.

소설도 이런 것 아닐까? 현실 실패자에게서도 삶이 연속되리라는 희망을 보는 것, 그게 소설의 운명일 게다. 그런 차원에서 보면 숨탄것의 운명이 곧 소설의 운명이기도 하다는 게 필자의 생각이다.

한집에서 함께 살았던
생구(生口)들에게 보내는 노래

이번 소설집을 엮으면서, 내 글에 나오는 동물들을 헤아려본다. 어머니가 자식보다 아꼈던 다람쥐를 비롯하여 고양이, 닭, 소, 돼지 등이다.

우리 인간들의 다정한 벗이자 일꾼으로 살아온 소는 외양간이라는 곳에서 살았다. 불과 몇십 년 전만 하여도 소들은 현대식 축사가 아니라 한두 마리 몸을 비비고 누울 수 있는 외양간에서 살았다. 외양간은 대부분 사람이 사는 집에 있었다. 내가 태어난 생가를 예로 들자면 한 일(一) 자로 생긴 집 맨 동쪽 끝에는 부엌이 있었고, 부엌 옆에 부엌방, 안방, 광 혹은 대청마루가 있었고, 그 대청마루 옆이 사랑방이며, 사랑방 뒤쪽이 외양간이다. 안방이나 사랑방처럼 외양간도 집의 일부분이었다. 안방과 부엌방 혹은 사랑방에서 식구들이 서로 중얼거리는 소리가 들리듯이, 외양간에서 자는 소들의 숨소리며, 송아지가 보채는 소리며, 심지어 되새김 질하는 소리까지 안방에서 다 들렸다. 소와 인간은 서로 말이 통하지 않고 살아가는 운명이 다르기는 했으되 그렇게 한집에서 살아가는 식구였다. 그래서 옛사람들은 소를 생구(生口)라고 하였다.

소뿐만이 아니었다. 지역에 따라 조금씩 다르기는 하지만 돼지도 집 안에서 사람이랑 같이 살았다. 마당을 중심으로 볼 때 뒷간에다 돼지막을 설치하는 경우도 있었고, 안채와 뒷간 중간에다 따로 돼지막을 짓기도 하였다. 어쨌든 돼지막도 인간들이 살아가는 울타리 안에 있었다. 더구나 돼지들은 요즘처럼 사료를 먹지 않았다. 돼지들은 거의 다 인간들이 먹다 남긴 밥을 먹고 살았다. 그래서 우리 할머니는 "돼아지도 생구여, 사람이나 마찬가지여!" 하고 늘 정성 들여 거두라고 하였다. 가끔씩 내가 마당으로 뛰쳐나온 돼지를 심하게 매질하면 "그러지 마라, 아가, 그러지 마라! 돼아지도 다 아픔을 느낀단다" 하면서 나를 나무라셨다. 옛날에는 돼지가 새끼를 낳았을 때도 대문에다 왼새끼줄을 꼬아서 금줄을 걸어주었고, 돼지막 앞에다 정안수를 떠놓고 새끼들이 건강하게 자라달라고 빌었다. 그건 사람이 아기를 낳았을 때하고 똑같았다. 사발도 똑같았고 물도 똑같았다. 역시 돼지를 한 식구로, 생구라고 생각했다는 뜻이다.

닭도 마찬가지다. 우리 고향에서는 닭을 많이 키웠다. 모든 집이 다 닭을 키웠다. 닭장은 안채 마루 밑에 있었다. 닭이 들어가면 닭장 문을 닫는 것이 내 당번이었다. 나는 왜 냄새나는 닭장이 안 채 마루 밑에 있냐고 어른들에게 물은 적이 있다. 어른들은 그런 나를 보면서 "사람과 짐승은 운명만 다를 뿐이제 다 같은 것들이다. 나중에는 인간이 닭이 될 수도 있다. 한집에서 사는 짐승이니까 사람이랑 같이 살면 서로가 좋은 것이다. 다른 짐승들이 함부로 하지도 못하고, 서로가 서로를 이해할 수도 있으니까 좋은 것이다" 하고 말했다. 어려서는 그 말뜻을 잘 이해할 수 없었지만, 나이가 들수록 그런 어른들의 목소리가 새록새록해진다. 명절 때 닭을 잡을 때도 다른 닭들이 보지 못하도록 외양간 문을 걸어 잠그고 털을 뽑던 어른들의 어린애 같은 맑은 눈빛이 새삼 그립다. 비록 닭이 인간에게 잡아먹히는 운명이지만 살아가는 과정은 인간이나 마찬가지라고 하셨다. 그래서 함부로 하면 안 된다는 것이다. 닭은 결국 인간의 살이 되고 노래가 된다. 그렇다면 인간도 닭이라는 뜻이다.

우리 어머니는 다람쥐, 비둘기 같은 동물들도 생구라고 생각하신다. "정재(부엌)에서 먹고 자고 그랬응께 한 식구제, 멀리 떨어져서 1년에 한 번도 얼굴 보지 못하는 느그덜보다 더 가까운 식구제, 식구가 별것이냐?" 하시는 어머니의 말씀처럼, 고향집 부엌에서 살다 간 다람쥐도 생구다. 그래서 옛날 사람들은 한겨울에 집으로 찾아오는 노루나 산토끼도 잡지 않았다. 나는 한 번 울타리 밑에다 올무를 놓아 산토끼를 잡은 적이 있었는데, 어른들이 호되게 꾸짖으면서 죽은 산토끼를 산으로 가져가서 묻어준 적이 있다. 비록 인간하고 같이 살지는 않았지만, 너무 추워서 인간의 집으로 피신 온 동물을 잡아서는 안 된다는 것이었다. 집 안에서 같이 살아가는 굴뚝새를 비롯하여 고양이, 개도 생구다.

하지만 요즘은 아무도 소나 돼지를 생구라고 하지 않는다. 돼지가 새끼를 낳았다고 금줄을 치고 정안수를 떠다가 새끼들의 무병장수를 기원하는 사람이 없다. 소나 돼지는 돈의 일부분일 뿐이다. 하지만 아무리 부인하려고 해도 소나 돼지를 비롯하여 닭은 우리 인간들의 살이 되고 노래가 된다.

이번 소설집을 엮으면서 숱한 동물들을 떠올렸다. 특히 구제역이다 조류독감이다 하여 아무런 유언조차 남기지 못하고 세상을 등진 수백 수천만 동물들의 영혼을 떠올렸다. 잔인한 학살극이었다. 그런 학살극이 또 있었을까? 그들은 아무런 죄가 없다. 오직 동물로 태어났다는 죄밖에 없다. 그들은 인간들을 원망조차 하지 않고 죽어갔다. 나는 한 인간으로서 너무 부끄러웠고, 어린 시절 나를 거쳐 간 숱한 생구들에게 미안했고, 내 살이 되었던 숱한 생명들에게 죄스러웠다. 그래서 이런 글을 쓴다. 늦게나마 그들에게 보내는 노래를 부를 수 있어서 다행이다. 다시는 그런 생명으로 생겨나지 않기를 바라고, 진짜 신이 계시다면 돈 많고 욕심 많은 인간들을 버리시고 제발 인간들에게 버림받은 생명들을 위로해주시기를 간절히 부탁드린다.

하얀 눈이 내려서 세상이 너무 평화로워 보이기도 하지만, 그 하얀 눈을 손등으로 비비면 너무 시리고 아파서 서러워지는 2013년 1월, 이상권.

고양이가 기른 다람쥐

© 이상권, 2013

초판 1쇄 발행일 | 2013년 2월 27일
초판 5쇄 발행일 | 2021년 11월 5일

지은이 | 이상권
펴낸이 | 정은영
펴낸곳 | ㈜자음과모음

출판등록 | 2001년 11월 28일 제2001-000259호
주   소 | 10881 경기도 파주시 회동길 325-20
전   화 | 편집부 (02)324-2347, 경영지원부 (02)325-6047
팩   스 | 편집부 (02)324-2348, 경영지원부 (02)2648-1311
E-mail | jamoteen@jamobook.com

ISBN 978-89-544-2849-1 (43810)